KB164634

개체 인간

개체 인간

초판 1쇄 인쇄 2021년 12월 27일
초판 1쇄 발행 2022년 01월 03일

지은이 원윤서
펴낸이 류태연

편집 김수현 | **디자인** 조언수 | **마케팅** 이재영

펴낸곳 렛츠북
주소 서울시 마포구 독막로3길 28-17, 3층(서교동)
등록 2015년 05월 15일 제2018-000065호
전화 070-4786-4823 | **팩스** 070-7610-2823
이메일 letsbook2@naver.com | **홈페이지** http://www.letsbook21.co.kr
블로그 https://blog.naver.com/letsbook2 | **인스타그램** @letsbook2

ISBN 979-11-6054-521-0 03810

개체 인간

윤윤서 소설

차례

1부

2부

1부

한 번도 경험해 보지 못한 커다란 세계에 초대 당한 것은 당연한 것도 아니었으며 그 세계를 떠나는 일은 아쉬움뿐이었다. 그렇게 케이티는 특별한 연구원이 되는 기분을 연속적으로 느끼고 싶었다. 연구원으로서의 인생을 계속 살 것을 다짐하였다.

"수정 완료했지?"

1. 개체 인간

"1차 수정 완료."

"2차 수정도 완료했습니다."

여자 연구원 케이티가 옆에 있던 선배를 바라보며 말했다. 그러자 남자 연구원 베네딕트가 케이티를 바라보며 말했다.

"고생했어."

"아닙니다."

"오늘은 여기까지만 하고 집에 일찍 들어가서 쉬는 게 좋을 것 같은데."

"저는 남아서 연구 결과에 따른 진행 상황 보고서를 작성하고 퇴근하겠습니다."

"그래? 그럼 그렇게 해."

"네."

베네딕트 상사가 활성화시킨 101 지역 안에서 문을 열고 밖으로 나갔다. 갑갑한 호흡기를 벗어 던진 채 급하게 차를 몰며 어디론가 사라졌다. 연구소 안에 남은 케이티는 방금 전 선배가 수정시킨 DNA를 분석하기 시작했다. 물론 선배의 동의 따위는 필요 없었다. 자신이 수정시킨 정자와 난자의 진행 상황이 현저히 차이가 나기에 어디서부터 잘못된 것인지, 자신이 얻지 못한 연구 결과에 궁금했던 모든 것을 선배의 실험 결과를 보며 보고서를 작성하기 시작했다.

세포 단자가 마치 살아 있는 듯 꿈틀거리는 것이 이번에는 체외 수정이 분명 성공할 것이 틀림없어 보였다. 연구실의 실내 온도와 습도를 조금 더 올려 보았다. 온도 38°C. 습도 45%.

마치 메추리 어미의 배에서 갓 태어나 따뜻한 온기가 채 가시지 않은 메추리 알을 보는 듯했다. 온도가 따뜻하게 유지가 되고 부화되는 과정에서 중요한 역할을 하는 것은 실내 온도였다. 온도와 습도의 기기를 제대로 작동시키지 않아 실내의 바닥이 차디찬 얼음 바닥으로 바뀌어 세포 단자가 사멸할 수도 있기에 케이티는 핸드폰 카메라로 현재 체크하고 있는 모든 상황을 영상으로 담기 시작했다. 촬영한 동영상을 다시 되돌려보며 이 DNA 세포 단자가 아이로 탄생할 수 있게 그 세포에게 시몬이라는 이름을 지어 주었다. 모든 사람이 태어나기 전 아기의 태명이 짓듯 세포의 이름을 지으며 아이가 성장해 나라를 위해 빛낼 수 있을 만한 큰 인물이 될 것이란 생각이 들었다.

사람들은 모두 이 실험이 불가능할 것이라는 생각만을 가진 채 삼 년의 긴 연구 끝에 실패작만을 내놓아 모든 투자자가 등을 돌린 상태였다. 그러나 지금 현재 케이티와 연구소 안에서 오랜 시간 동안 남아 있는 베네딕트 선배는 결코 언젠간 이 연구가 세상의 역사를 바꿀 수 있을 만한 나비효과를 가져올 것이라 생각했다.

마치 우연히 토스트를 해 먹으려고 사 온 달걀에서 똑같은 두 마리의 병아리가 동시에 부화되어 태어나 그 병아리를 사람 손으로 직접 키우는 것과 다를 것이 없었다. 다만 살아 있는 생명체가 사람이냐 동물이냐 그 차이였다. 암탉이 수탉과 교미해 생성된 유정란이 일정한 온도 환경에 유지되어 부화하는 기간 약 21일, 부화 후 150일 정도면 닭이 되는 과정을 연구의 기초로 삼아 연구를 하기 시작했다. 물론 사람의 정자와 난자의 연구 중 교미 과정을 없앴다는 것은 사람들이 믿기 힘든 연구 결과였다. 쉬운 말로 해 여자의 몸에서 추출한 난자 부분에 남자의 정자를 주사기로 삽입시켰다. 정자가 난자 안으로 삽입되자마자 난자는 겉에 막을 생성하며 정자가 죽지 않게 보호해 주며 성장에 가도를 달리기 시작했다. 연구소에서 처음 이 실험을 한다고 공개적인 발표를 했을 당시 많은 사람이 야유를 했다. 하느님이 남겨 주신 여자와 남자의 육체적인 결합을 통해 탄생하는 아이가 이제는 육체적인 결합 없이도 탄생할 수 있다는 증명을 내세울 수 있는, 세계 최초의 실험을 하는 것이나 다름없었다. 세상이 존재한 이래로 사람이 아닌 새로운 것이 태어나 세상의 역사를 뒤바꿀 수 있는 일이었다.

저녁이 지나가고 바깥세상이 어둑어둑해지자 케이티는 핸드폰의 플래시를 켜 선배가 수정시킨 난자 세포를 비추기 시작했다. 안에서 희미하게 꿈틀거리는 것이 마치 아기의 세포가 몸을 웅크리고 있는 것과 비슷했다. 그에 반해 자신이 수정시킨 난자는 세포의 움직임이 없는지 살아날 가능성이 전혀 희박해 보였다. 그래도 자신의 연구 결과의 단 1%의 가능성도 배제시키고 싶지 않아 그 세포에게도 천년이라는 이름을 지어 주었다. 천년이와 시몬. 이 둘이 만약 아이로 탄생하게 된다면 정말 많은 것이 뒤바뀔 것이란 사람들의 예견이 뒤따랐다. 그렇게 자궁 안을 완벽하게 재현해 낸 인공자궁실에서 만든 60조 개의 세포를 가진 시몬은 270일이 지나고 사람의 신체조건을 가지고 탄생하게 되었다. 사람과 사람, 둘 사이 맺은 관계로 태어난 아이도 분명 인체의 신비를 갖고 탄생했지만, 인위적으로 자궁을 추출해 낸 과정에서 인공 세포를 추가해 난자 안에 정자의 농축된 세포를 넣고 다양한 정자 처리 과정을 거쳐 태어난 아이의 탄생은 처음 있는 이례적인 일이었다. 그렇게 시몬이란 아이는 성별을 여자로 갖고 태어나 넓고 커다란 지구 안, 한 사회의 일원으로 존재했다.

사실 이 실험은 아이를 원하지만 아이를 평생 갖지 못하는 가슴 아픈 부부의 이야기에서 시작되었다. 간절히 아이를 원하는 가정을 위해 시작된 체내외 수정 실험이었다. 몸 밖의 체외 수정은 이번 3년 만에 처음으로 얻어진 놀라운 결과였으며 성공적인 결과를 얻자 시몬 이외의 다른 다양한 아이들의 품종 개발을 위한 노력이 이어졌다. 천년이는 안타깝게도 시몬이와 같이 사람으로 태어날 가능성은 희박하다는 결론을 선고받고 폐기물을 처리하는 쓰레기통으로 직행했다. 시몬은 정부의 관리하에 나라가 개발한 최초의 복제인간이라는 명목으로 암암리에 모든 기관에 걸쳐 격리에 들어갔으며 그 외에 개발되어 만들어진 복제인간의 아이들은 하늘이 내려 준 아이라 생각하고 아이를 진정 원하는 위탁가정으로 보내어져 따뜻한 가정에서 애지중지하게 자라났다.

2. 우주비행

시몬이는 성인이 되어 NASA의 연구원이 되었다. 이번에도 120번째 인공위성을 쏘아 올리며 궤도에 안착시키는 데 성공했다. 많은 사람들이 서로가 서로에게 연신 축하를 해 대며 기쁨의 갈채 박수가 끊이지 않았다.

앤드로이 박사는 옆에 서 있던 시몬에게 말했다.

"이번에도 우주탐사 한번 다녀와야지?"

"기회만 된다면 그렇게 하고 싶죠."

"무엇 때문에 그렇게 우주에 가고 싶어하는 거지?"

"사실, 연구실에만 틀어박혀 연구에만 몰입하면서 이 땅 위에 있는 건 저한텐 무의미해요."

"무슨 소린가."

"한 가지에만 너무 몰두하다 보니 일상생활에서 찾을 수 있는 별다른 재미가 없더라고요. 우주로 비행하며 무중력 상태에서 떠다니는 그 느낌을 또다시 느껴 보고 싶어요."

"그래?"

"네."

"알겠어. 이번에도 내가 강력히 추진해 볼게."

"감사합니다."

앤드로이 박사가 NASA에서 결정권을 쥐고 있는 모든 인사팀을 꾸린 회의장에서 말했다.

"이번에도 말틴 1호에 오를 우주비행팀을 한번 꾸려 보도록 할까요?"

"아직은 이르다고 생각합니다."

"무엇 때문이죠?"

"인간 로봇을 개발하는 데 총력을 기울이고 있습니다."

"인간 로봇이라…. 개발을 좀 더 뒤로 미뤄도 되지 않습니까?"

"지금 시점에서는 일상생활에 쓰이는 인간 로봇을 출시하는 것이 사람들에게 더 많은 관심과 흥미를 가져다주기 때문이죠."

"언제까지 퇴보적인 생각만 하실 겁니까?"

"인간 로봇을 개발하고 출시하는 것이 퇴보적인 생각이라는 생각이 드십니까?"

"그렇죠. 사람들은 우주여행을 평생의 꿈으로 둘 만큼 우주이야기가 먼 나라의 이야기라고 생각합니다. 현실상 그건 그렇지도 않죠. 돈이 있으면 가는 것이 아니고, 산소와 식량만 있으면 살 수 있는 게 지구 외에 다른 행성이란 말입니다. 우주탐사를 계획보다 조금 더 앞당기기 위해 이번에도 최소한의 인력을 써서 우주비행팀을 꾸릴 생각입니다만, 동의하십니까?"

앤드로이드 박사의 강력한 추진력에 다른 위원들은 더 이상 토를 달지 않았다.

"그럼 여기 계신 모든 분들이 동의하는 것으로 하겠습니다."

"자금의 투자처는 구했으며, 자금의 유통은 원활한가요?"

"네. 그건 걱정하지 않으셔도 됩니다."

"알겠습니다."

"우주탐사가 소련과 미국의 경쟁으로부터 시작되었다는 사실 다 알고 계시죠? 우리나라도 이제 어느 나라에도 뒤처지지 않을 과학적인 연구와 탐사에 자발적으로 참여해야 하는 시기라고 생각합니다."

"저도 동의합니다."

"미국에서 이번 2020년을 목표로 하는 달 탐사 프로젝트가 있다고 들었습니다. 그러나 저희는 이번에 미국과 같이 달 탐사를 목표로 하는 것이 아닌 목성을 탐사를 목표로 둘 것입니다. 미국과 중국이 달 나라 탐사 경쟁의 열을 올리는 시점, 대한민국 또한 미국에 의지하지 않은 채 직접 탐사를 한다는 것은 꿈이 아닌 현실이 될 가능성이 머지않아 코앞으로 다가왔다고 생각합니다."

회의장에 있던 모든 사람이 응원의 박수를 보내 왔다.

"저번 비행 탐사에서 지구를 중심으로 가장 밝은 행성인 금성의 탐사를 마치고 돌아왔던 비행 탐사 인원들은 태양계에 가까워질수록 마치 몸이 화산으로 인해 녹아내리는 느낌이었다고 표현할 정도였습니다. 이번에는 목성의 환경이 어떤지 파악하는 것이 급선무라는 생각이 들어 목성 탐사를 중심으로 탐사선에 오를 인원을 최소 4인으로 결정하겠습니다."

"네, 전달하겠습니다."

지구행성 바로 우측에 있는 행성에 대해 많은 사람이 지구와 제일 비슷한 궤도를 띄우고 있어 사람이 살기에 가장 적합한 환경이 갖춰져 있을 것이라 생각했다. 사람이 살아가는 데 제일 필요한 수분, 즉 물이 존재해 생명체가 존재할 것이라 했지만 우주탐사팀은 그곳에서 머문 기간 동안 다른 생명체를 발견한 일은 없다고 전해 왔다. 궤도로 보았을 때 많은 박사가 행성에서 가장 큰 목성에 기대를 걸었다. 목성은 태양계에서 가장 크고 무거운 행성으로 지구보다 지름이 약 11배나 크며 부피는 지구의 1,400배나 되어 질량이 지구의 약 318배이다. 밀도는 지구보다 낮고 빠른 자전에 따른 대류현상으로 인해 공기가 상승하는 지역은 밝고, 차가워진 공기가 하강하는 지역은 어둡게 보여, 지구로 표현하자면 사계절이 목성에서는 두 계절로 존재할 것이라고 생각했다. 목성의 탐사를 더 가까이 관찰하기 위해 우주로 떠날 계획을 더욱 현실화시키기로 마음먹은 앤드로이 박사는 정부의 동의를 얻어 모든 조건에 충족되는 사람들을 선발하기 시작했다. 우주탐사팀의 인원이 꾸려지고 팀이 만들어졌다. 그러나 바로 우주로 떠날 수는 없었다. 우주에서 장시간 동안 지내야 하는 만큼 체력을 단련시키는 것은 너무나 중요했다.

우주에서는 물과 공기가 없는 진공의 중력 상태로 장시간 동안 지내야 했기에 무중력 상태의 훈련 시설이 갖춰진 깊고 넓은 수영장 안에 물을 가득 채워 우주유영 연습을 하며 수영장 바닥에서 걷는 연습을 했다. 무중력 상태인 우주에서와 흡사한 훈련을 하기 위해 수영은 모든 우주비행 탐사팀의 제일 중요한 조건이었다. 행성을 돌며 저장되어 있던 공기탱크가 소멸되어도 짧은 원거리를 이동할 수 있기 위해 실제로도 10분간 멈추지 않고 수영을 하는 것도 무중력 훈련의 한 과정이었다. 그러나 모든 신체조건을 갖추고 많은 시간을 들여 체력 훈련에 힘을 쓴다 하여도 그날의 컨디션에 따라 무중력에서 구토를 할 만큼 멀미를 일으키기도 해 무중력상태에서 생활할 수 있을 만큼 단단한 준비를 거쳐야만 했다.

시몬은 우주비행팀 일원들과 매일같이 160kg의 우주복을 입고 수중 훈련을 하며 80%의 무중력 상태를 구현한 수영장 안에서 30분간 무중력을 견뎌 내야 했다. 수영장 안을 걸어 다니고 움직이며 우주선 문 여닫기, 기계 교체작업 등 우주에서 실제로 해야 하는 임무를 간접적으로 하며 우주정거장 안에서의 생활을 연습해야만 했다. 정해져 있는 작은 공간, 짧은 거리의 구조를 완벽히 숙지해 하루 일과를 보내는 방법을 연습하며, 데이터를 저장하고 처리하는 방법, 모든 기계작동법과 사용법을 익혀 갔다. 우주선 안, 탑승할 수 있는 인원은 총 네 명으로 최소한의 필요한 탐사 기구만 싣고 가기에 의료인을 따로 우주선에 태울 여유의 공간은 남아 있지 않았다. 우주탐사팀은 필요에 따른 기본적인 응급처치법도 익힐 수밖에 없었다. 만일 동행하는 우주탐사인이 정신병적인 행동을 한다면 진정제를 투여해야 하는 만큼 심리적으로도 건강한 사람들만 동행할 수 있는 것이 우주탐사 일원의 제일 기초적인 해당 사항이었기에 예비 우주인은 하루하루의 심리를 체크하고 심리검사를 병행해 갔다.

기나긴 훈련 기간을 보내고 지구에서 우주로 떠나는 당일이 되었다. 우주탐사선 발사에 앞서 카운트가 시작되기 전, 많은 기자가 취재를 위해 몰린 가운데 카운트다운이 시작되었다.

"카운트다운."

"3, 2, 1, 제로 발사."

제로를 외치는 순간 우주탐사선은 그대로 엔진에 박차를 가하며 하늘 높이 솟아올랐다. 탐사선 옆, 파리의 에펠 탑 높이보다 더 높이 올라간 우주탐사선이 많은 사람의 시야에서 점차 멀어지자 앤드로이 박사는 기쁨의 감격으로 눈시울을 적셨다.

"말틴 1호 발사는 성공적입니다."

말의 어원의 이름을 가져와 만든 말틴 1호는 2021년 목성에 도착할 계획이었다. 지구의 1년은 365일이지만, 우주에서의 1년은 거의 지구의 한 달과 같은 시간을 의미했다. 한국은 최초로 다른 나라에 의지하지 않은 채 독단적으로 우주탐사선을 발사시켰으며, 이는 곧 목성으로 목적지를 둔 탐사선을 시작으로 앞으로 우리나라의 우주비행 사업을 발전시켜 미국과 중국에 기대는 것이 아닌 한국 스스로 강국을 만들어 간다는 큰 뜻이 담겨 있었다. 그렇게 한국도 제3개국 안에 이름이 들며 NASA에서도 인정해 주는 나라가 되었다. 한국은 2013년 달나라 탐사선인 나로호의 발사에 성공하며 스페이스 클럽에 가입하게 되었다. 2020년 모든 나라가 달 탐사 프로젝트에 진행하며 우리나라는 강국을 꿈꾸며 목성을 목표로 탐사의 방향을 완전히 돌렸다. 그렇게 모든 사람의 생각을 완전히 뒤바꾸며 근 7년 만에 새롭게 보낸 우주탐사선 말틴 1호의 발사 임무는 성공적이었다. 모든 나라는 화성에서 물의 흔적을 발견해 제2의 지구가 될 것이라고 말했지만, 한국은 물만으로는 생존이 불가능하다고 생각해 목성이 제2의 지구가 될 것이라고 생각했다.

[NASA 사무국]

"정상 작동, 데이터 정상."

"압력 이상 없음."

"탐사선은 1초의 빠르거나 늦지도 않은 정각 제시간에 맞춰 발사되었습니다."

"다들 고생 많으셨습니다."

"현재 정확한 궤도에 올랐다고 합니다."

"목성에 도착해 흙, 토기물과 유기물을 가져오도록 지시했습니다. 사람 외에 살아 있는 모든 물체, 즉 외계 물체라도 찾아보자는 심정으로 궤도를 달리는 중이라고 합니다."

"미국도 달 탐사 이후 조만간 목성에 탐사선을 쏘아 올릴 예정이라고 하던데 알고들 계신가요?"

"금성으로 탐사선을 보낸다고 들었습니다만…?"

"이번 우주의 궤도에서 왼쪽 방향이 아닌 오른쪽 방향으로 진행할 것 같다고 했습니다. 그 말은 지구에서 쏘아 올려 화성에 진입한 후 목성으로 이동해 시간에 여유가 되고, 우주탐사선에 오른 일원들의 체력만 받쳐 준다면 토성까지 가 보겠다는 심산인 것 같습니다."

"확실히 우리나라와 진척 속도가 다르네요."

"만약 2020년 안에 목성을 향한 탐사선을 쏘아 올릴 경우, 우리나라의 탐사선과 목성 베이스캠프에서 만날 것 같습니다."

"그렇게 되면 결국 목성 탐사를 같이 진행하는 것과 다름이 없네요."

"서로가 좋은 거죠. 다만 미국이 탐사선을 목성으로 쏘아 올릴 경우 중국도 바로 뒤이어 목성으로 탐사선을 쏘아 올릴 것이라는 게 NASA의 공통된 의견입니다."

"미국의 뒤를 바짝 쫓는 셈이네요."

"그러게 말입니다."

"우리나라는 다른 나라와 경쟁한다는 생각은 접어야 합니다. 우주탐사선에 투자를 한 기간이 그리 오래되지 않았기에 안전을 최우선으로 둬야 하며, 우주탐사선에 올라탄 인원 네 명이 안전하게 지구로 돌아온다는 것이 저희의 최종 목표이지요. 그리고 그들이 가지고 온 모든 것들을 연구원으로 보내어 실험에 박차를 가할 것이지요."

"그렇습니다. 시몬이는 이번에도 자발적으로 우주탐사선에 올라탔습니까?"

"네. 면접 시 질문의 답에도 목성 탐사는 자신이 원하는 것이라 말하더군요."

"한편으론 가슴이 아픕니다."

"왜죠?"

"시몬이를 제 자식처럼 키워 왔습니다. 이번에도 안전하게 지구로 돌아오기만을 간절히 바라야죠."

앤드로이 박사가 코를 훌쩍이며 말했다.

[말틴 1호 탐사선 안]

"베인 괜찮아?"

시몬이 말했다.

"응. 괜찮고말고. 너는?"

"나는 살짝 멀미가 올라오는 듯해."

"멀미약이라도 줄까?"

"아니 이 환경에 적응해야지."

"앞으로 6,000km 가면 목성에 도착할 예정입니다."

우주탐사선의 조종사 아티커스가 무선이어폰을 통해 말했다.

"속도 체크하겠습니다."

옆에 있던 보조 조종사 펠틱도 왼쪽 가슴에 손을 얹으며 우주탐사 여행에 신의 가호가 따르기를, 모든 팀원의 안전에 최우선을 둘 것을 마음속으로 다짐했다.

"앞으로 654일 후에 저희의 목적지인 목성에 도착할 것 같습니다."

펠틱이 무선이어폰을 귀에 장착하고 있는 모두에게 필요 사항을 전달했다.

"지구의 시간으로 치면 1년이란 시간인데 뭘 할지 생각해 봤어?"

베인이 말했다.

"물과 식량을 아껴야 하니 잠을 자도록 해야겠지?"

"불안하지 않아?"

"어떤 게?"

"잠을 자는 동안 우리 탐사선이 목적지가 아닌 다른 행성에 도착할 수도, 아니면 행성의 궤도를 벗어나 우리가 영영 찾을 수 없는 블랙홀로 빨려 들어가 아무도 없는 외딴 섬에 갇힐 수도…."

"난 NASA를 믿어."

"그래?"

"응. 행성 여행은 이번이 처음도 아니니, 걱정하지 마."

"사실은 불안해."

"걱정 마. 우리는 어디를 여행하든 NASA의 통신과 연결되어 있어. 우리가 무엇을 하든 다 기록되고 있다고 생각하면 돼."

베인이 맞는 말이라며 고개를 끄덕거렸다.

"엔진 상태 어떤가?"

"최고의 상태입니다. 1단계 분리하겠습니다."

"OK."

아티커스의 오케이 사인이 떨어지자 1단계 분리가 되고 가속이 붙은 탐사선의 속도를 메인 조종사 아티커스가 늦추며 말했다.

"2단계 분리."

"2단계 분리했습니다. 중력 상태 돌입했습니다."

"엔진 또다시 체크."

"체크했습니다."

"조종해."

"네,"

"중력에 가속도가 붙을 거야. 균형 잘 유지하도록 해."

"알겠습니다."

메인 조종사 아티커스가 보조 조종사 펠틱에게 우주탐사비행선의 조종을 맡기고 시몬과 베인이 앉아 있는 뒷좌석으로 가 말했다.

"NASA에서 우리를 이번 목성 탐사에 보낸 이유를 알고들 있겠지?"

베인이 말했다.

"목성에 존재하는 많은 유기물 중 NASA의 연구에 필요한 최소한의 유기물들을 찾는 거 아닌가요?"

"그것도 맞아, 하지만 목성 베이스캠프에 도착해서 우리가 최장 기간 동안 그곳 환경에 적응해야 해. 그곳에서 필요한 연구를 완성시키고 그 환경에 적응해 살다가 제2의 지구로서 적합한지 체크하고 그곳에서 얻은 유기물들의 샘플을 최대한 챙겨 지구로 돌아가는 것이 우리의 목적이야."

베인이 절망하는 듯한 표정을 내보이자 옆에 있던 시몬이 말했다.

"당연한 거죠. 목성에 존재하는 필요한 유기물들만 얻고 지구로 바로 돌아갔다면 우주탐사선에 올라타지 않았을 거예요."

"다만 우리 네 명에겐 지구에서 기다리는 모든 이들이 있으니 그들을 위해 빠르게 실험을 끝내고 돌아가는 게 맞는 거지. 그러니 다들 안전하게 그곳에서 필요한 연구를 하며 목성이란 행성에서 살아남는 법을 터득하고 NASA로 돌아가는 것을 최우선으로 할 거야."

아티커스가 말했다.

"벌써부터 끔찍해. 소중한 누군가를 잃어버린다는 것."

"걱정하지 마."

시몬이 베인의 손을 잡아 주었다.

"우리의 목적만 확실히 하면 돼. 목성에 도착해 장기간 연구를 한다 생각하고 우리와 다른 그 무언가의 생명체를 찾아, 안전하게 살아남아 돌아가는 거야. 알겠지?"

"네. 알겠습니다."

시몬과 베인이 동시에 대답했다.

"그럼 이제 다들 알아서 하이버네이션 캡슐에 들어가 각자 편안한 숙면 상태에 돌입하도록 해. 앞으로 지구의 시간으로 654일이란 긴 시간 동안 정해진 행성 궤도를 여행해야 하거든."

"잠시 동안은 깨어 있고 싶어요."

베인이 말했다.

"생각할 것이 많은가 봐."

"네, 지구를 떠나면서부터 지금까지 심장이 쿵쾅쿵쾅 뛰는 것이 마음의 평정을 되찾지 못했어요."

"그래? 그럼 시몬이가 옆에서 많이 도와주도록 해. 식량은 아침저녁, 하루 두 끼의 1,000일 치 식량이 있어. 가는 기간 654일, 돌아가는 기간 654일 동안의 깨어 있는 시간과 목성에 도착해 탐사를 하는 100일에서 200일 내의 시간. 다시 말해서 두 사람이 동면 상태에 들지 않는다는 것은 큰 상관이 없지만, 잠을 자는 게 현명하다는 거지."

"네."

"그럼 나는 부조종사하고 이야기를 하러 가 볼게. 너희가 알아서 결정하도록 해."

"네."

아티커스가 자리를 비키자 베인이 말했다.

"조종사 경력 사항에 대해 잘 알고 있어?"

"우리 조종사 소련이 처음 비행 탐사선을 쏘아 올렸을 때부터 전/현직군에서 베테랑 파일럿이었어. 비행 조종뿐만 아니라 기술개발, 연구, 설계를 직접 했대. 이전 로켓 개발업체에 파견돼 NASA와 함께 핵을 연구하셨던 분이기도 해. 왜? 많이 걱정돼?"

"긴 시간 동안 시뮬레이션으로 테스트만 해 보았지, 우주비행 탐사에 직접 참여하는 것은 처음이니까."

"내가 저번에 달 탐사에 갔다 왔을 때도 우주탐사선의 메인 조종사로 운전하셨던 분이야, 너무 걱정하지 마."

"만약 탐사선이 충돌로 인해 문제가 생겨 우리가 죽었을 때, 우리의 시신을 찾지 못할 정도로 한순간에 탐사선과 함께 분리되고 사라진다고 생각해 봐. 끔찍해."

"우주비행 탐사선의 직업은 단순 우주여행이 아닌 극한의 환경에서도 기를 쓰고 살아남아야 하는 실험이기에 당연히 그 모든 것을 감내하고 탐사선에 올라탔어. 난 충분히 일어날 수 있는 모든 상황과 결과를 순순히 받아들일 생각이야."

"맞네, 차라리 일찍 동면에 드는 것이 심리적으로 더 좋을 것 같아."

"그게 편할 거야, 깨어 있는 순간 그 누구도 너를 간섭하지 않아. 다만 아무도 없는 그 허전함과 공허함, 쓸쓸함과 싸워야 하지."

"우울증약 먹어 본 적 있어?"

"갑자기?"

"갑자기가 아니야, 사람은 공허한 감정과 허전함을 견디지 못해 우울증약을 복용하잖아."

"우울증약을 복용했었다면 지금 이 탐사선에 '나'라는 사람은 너와 동행하지 못했을 거야."

"그래?"

"너 아직 모르는구나. NASA에서는 우리의 모든 의료기록을 다 상세히 기록하고 있어, 그 외에 모든 것도."

"그래?"

"응. 세상에 비밀은 존재하지 않아. 그래서 나는 이전부터 아무도 오지 못하는 비밀이 있는 광활한 우주가 좋아."

"두려워. 어떠한 생명체도 존재하지 않는 그곳에서 200일을 지내야 한다는 것이."

"행성에서 생명체의 생존이 거의 불가능하단 뜻은 지구에서 핵을 터뜨려 핵실험을 하고 난 뒤에 모든 생명체가 다 죽고 난 후 방사능이 존재하는 환경이라고 생각하면 돼. 달 탐사 때 마치 그런 느낌이었어. NASA에서 금성 탐사를 갔다 오신 분이 있는데 마치 핵실험을 하고 난 뒤 산의 화산이 터져 버려 온몸이 녹아 버릴 것 같은 느낌이라고 하더라고. 태양에 너무 가까이 다가가 피부가 다 타들어 가는 느낌이라고 했어."

"목성은?"

"아직 몰라, 우리가 그곳에 가서 연구를 시작해야 하는 거지. 그러니 행성에 도착하지 않은 지금 탐사선 안은 정말 평온한 거야. 654일 동안 편안하게 오직 잠만을 잘 수 있는 유일한 안식처인 거지. 행성에 도착하면 그 어떤 위험이 도사리고 있을지도 모르는 게 우주야."

"그래?"

"라디오라도 들을래?"

"좋아."

시몬이 라디오 기계의 송수신 모듈에 검지 손가락을 가져다 대었다. 빨간색의 온 버튼을 누르자 녹음되어 있던 라디오가 흘러나오며 적막한 비행 탐사선의 내부를 시끌벅적하게 채워 주었다. 마치 외국 드라마 〈가십걸〉을 보는 듯 여자 주인공들의 유머러스한 수다가 오디오를 채우자 베인은 그제야 여유를 되찾은 듯 웃음을 내비치며 말했다.

"지상에서는 왜 이 재미난 프로그램을 안 보았는지 몰라."

"그러니까 지금 이 모든 게 기회비용이라 생각해. 내가 일상생활에서 할 수 없는 그 상상 이상의 것들을 실현시키는 거잖아."

"맞는 말이야."

베인이 웃어 보였다.

"혹시나 목성에 도착해 힘든 일이 생기더라도 나에게 꼭 조언을 구했으면 좋겠어. 물론 나도 너에게 필요한 무언가를 부탁하겠지."

"당연해."

"이 우주탐사에 너와 함께해서 행복해."

"나도."

얼굴에 피곤한 기색이 드러나자 시몬은 하이버네이션 캡슐의 상태를 체크하며 기계를 탁탁 두세 차례 두드렸다. 베인이 하이버네이션 캡슐에 들어가기 전 시몬은 한쪽 볼에 마지막 키스를 남겼다. 이 둘은 우주탐사선 위에 올라탄 그 모든 것이 한편의 필름과 같이 꿈꾸던 미래가 실현되는 듯했다. 베인의 발그레해진 얼굴을 보자 시몬은 자연스레 콧노래가 흘러나왔다.

"잠든 시간 속 너를 찾아가, 그 아무도 없는 곳에서 너를 만날 준비를 해…."

시몬은 임사 체험 같은 동면에 들기 전, 마치 오늘이 마지막 날이라는 심경으로 자신과 그녀를 위한 노래를 바쳤다.

우주탐사선에 올라탄 네 명, 모든 이들이 동면에 들 시간이 되었다.

비행 탐사선을 무인조종으로 바꾼 메인 기장 아티커스와 보조 기장 펠틱 그리고 베인과 시몬은 그렇게 긴 시간 동안 동면에 들 예정이었으며, 그들이 누운 하이버네이션 캡슐이 안전한 것을 확인한 시몬은 마지막으로 동면에 들었다. 정확히 목성에 도달하는 시간을 포함해 총 654일의 긴 여행이다. 지구에서의 하루, 24시간을 알차게 활용하는 사람 중 최대 긴 시간 동안 잠에 빠져드는 시간은 12~14시간, 아기들이 깊은 잠에 빠져드는 시간은 16시간에서 18시간이다. 무중력 상태인 우주에서 잠이 드는 654일이란 시간은 현실적으로 어마어마한 시간이었다. 654일 동안 깨어 있기엔 신체의 에너지가 버티기 어려웠기에, 궤도를 따라 행성을 여행하는 우주 속에서 잠드는 것은 본인을 위하는 일이었다. 동면 속에 들기 전 비행 탐사선에 마련된 냉장 캡슐인 하이버네이션에 미래에 깨어날 날짜와 시간을 자동타이머로 맞춰 두고 캡슐 안으로 들어가 우리 모두는 오랜 시간 동안 잠들었다. 캡슐 안에 들어가는 것은 마치 영안실 내부에 마련되어 칸칸이 존재해 있는 저온 냉장고에 들어가는 임사 체험과 비슷한 원리였다.

말 그대로 살아 있는 사람의 신체를 미라의 상태로 만드는 것이다. 과학기술만을 믿고 죽음과 삶의 문턱 사이에서 긴 시간 동안 스스로 미라가 되기를 결심한 이들은 또 다른 삶, 미래의 시간을 준비하는 죽음, 즉 초저온으로 유지되는 인공 동면에 든다.

시몬이 하이버네이션 캡슐에 들어가기 전 베인의 안전과 캡슐의 알맞은 온도와 습도 체크를 위해 그녀가 잠든 캡슐의 기계의 이상이 없는지 보았다. 온도 계기판에 다가가는 순간, 자신의 두 눈을 의심했다. 온도는 23도, 습도는 40도. 저온의 냉장 상태로 돌입하기 전이었다. 시몬은 온도 계기판의 버튼을 수정해 온도를 2도가량 습도는 10도 정도를 올리며 하이버네이션의 기계가 최고의 상태를 나타내는 초록 불이 들어오기를 기다렸다. 초록 불이 들어오자 시몬도 연이어 하이버네이션 캡슐에 들어가 곰이 겨울잠을 자듯 동면을 선택했다.

[NASA 사무국]

앤드로이 박사는 목성으로 보낸 NASA 비행 탐사선의 궤도선과 인공위성의 위치를 다시 한번 체크하며 새로이 만든 원형 캡슐인 우주 발사체의 질량과 부피를 보며 감탄사를 연발했다. 이 정도의 질량과 무게면 우주 궤도에 도착해 연료를 많이 먹지 않고도 엄청나게 빠른 비행 속도로 목성에 도착할 것을 예상했다. 그렇게 NASA는 달 탐사에 대한 예산은 줄이고 또 다른 우주탐사선 개발에 총력을 기울였다. NASA에서 많은 기대를 하는 에이든 박사가 앤드로이 박사에게 다가와 말했다.

"사람은 정말 만들어 내지 못하는 것이 없는 것 같아요."

"당연하지, 이번에 쏘아 올린 말틴 1호의 소감은 어떠한가?"

"정말 상상 이상인 것 같습니다. 많은 분이 그 이전의 어느 것과도 비교할 수 없다고 얘기합니다."

"그건 당연한 걸세, 베테랑들이 함께했으니, 그 이후에 얻는 결과도 무척 만족스러운 결과가 나올 거야."

"카운트다운 당시에 비행 탐사선 내부에 있던 네 명의 팀원들을 보고 저도 후에 우주비행 탐사선에 꼭 도전해 보고 싶다는 생각을 했습니다."

"그래, NASA에서 아무 문제만 일으키지 않는다면 내가 다음 탐사 때 강력하게 추천하도록 하지."

"감사합니다."

에이든 박사가 정중하게 고개를 숙이며 부탁의 인사를 하였다. 앤드로이 박사는 고개를 숙일 때 보인 에이든 박사 겉옷 주머니에 들어 있는 출입증을 재빠르게 스캔하며 입으로 되새김질하듯 되뇌었다.

"YSCELL…. YSCELL… YSCELL이라…"

정확히 말틴 1호가 우주행성을 여행한 지 90일 하고도 9일이 지났다. 시몬은 하이버네이션 내부의 미세한 흔들림으로 인해 불안감이 엄습해 왔다. 캡슐 내부에 있는 열림 버튼에 손을 가까이 가져다 대었다. 오랜 기간 하늘을 바라보며 고정된 한 자세로 누워 있었던 터라 온몸에 있던 미세한 근육들이 전부 소멸된 느낌이었다. 마치 연체동물이 된 듯한 기분이 들었다. 기분 탓일 거라 생각한 시몬은 하이버네이션 내부에 있는 열림 버튼에 팔을 길게 뻗었다. 버튼을 살며시 터치하자 지문을 인식한 하이버네이션의 뚜껑이 치-잉 소리와 함께 자동으로 열렸다. 99일 동안 사용하지 않은 몸은 과거의 젊은 몸으로, 새로운 건강한 신체를 얻은 듯한 기분이 들게 했다. 총 100일의 동면에서 깨어난 순간이었다. 시몬은 비행 탐사선 내부에 놓여 있는 모니터 앞으로 가까이 다가섰다. 그리고 의자에 앉았다. 모니터의 전원 버튼을 누르자 최신식 컴퓨터가 마치 주인을 오래도록 기다렸단 듯 말을 건네 왔다.

"안녕하세요, 티니입니다. 지구로 표현하자면 오늘은 정확히 궤도에서 99일이 하루 지난, 구름 한 점 없는 맑은 궤도선 상에 서 있습니다."

농담도 건넬 줄 아는 기계 티니의 발상에 동면에서 깨어난 시몬은 본인 외에 다른 사람과 대화를 주고받는 신선한 느낌이 들었다. 시몬의 차가웠던 몸체와 긴장했던 표정에는 살며시 웃음이 내비쳐졌다. 티니가 시몬의 표정 변화를 감지한 듯 말했다.

"기분이 좋아 보이시네요."

"물론."

"노래를 들려 드릴까요?"

"좋아."

"그럼 맑은 새소리를 들려 드리겠습니다. 청정한 숲속에 있는 듯한 기분으로 생각 전환에 많은 도움이 되실 거예요."

"고마워, 티니."

시몬이 말했다.

파랑새의 맑은 새소리가 마치 노래를 하듯 음률을 만들어 내고 음률이 연결되어 노랫소리가 완성되자 귓가에 들려 오는 맑고 경쾌한 음들이 소실되었던 근력, 그 무언가의 죽어 있던 신경세포의 기운을 끌어올려 주었다. 몸 전체에 있던 혈관들이 음률에 맞추어 미세하게 꿈틀거리며 혈관 안 차갑게 식어 있던 혈액들이 천천히 뜨거워지기 시작했다. 시몬의 입술이 꿈틀거렸다. 지금 당장 커피를 타 오라는 몸의 신호였다. 의자에 꼼짝없이 붙어 있던 자신의 엉덩이를 떼기 귀찮아, 앉아 있는 그대로 테이블을 지레 삼아 멀찍이 의자를 밀어내었다. 그러자 고정되어 있던 의자의 바퀴가 회전해 한 곳에 마련된 부엌 앞으로 데려다주었다. 무선 포트를 이용해 물을 끓이고 작은 캡슐에 포장되어 있는 커피 캡슐의 뚜껑을 열어 종이컵에 커피 알맹이들을 옮겨 넣었다. 작은 알갱이들이 컵 안으로 우수수 떨어지자 시몬은 별다방 카페에서 홀로 앉아 즐겨 마시던 아이스 캐러멜마키아토가 간절히 생각났다.

NASA 직원들의 편의를 위해 마련된 별 다방 카페는 24시간 연구에만 몰두하던 연구원들의 피로가 누적된 지친 몸을 달래 주었으며 달콤한 캐러멜이 온몸을 사르르 녹여 주었다. 커피 위에 잔뜩 얹은 식물성 크림, 그 위에 얹어진 달콤하고 진득한 캐러멜을 맛보는 순간 모든 고뇌와 막연하게 다가왔던 연구의 길이 새로 뚫리는 듯했다. 연구에 지쳐 앞이 캄캄했던 자신의 미래가 커피를 맛보는 순간 달콤함으로 바뀌며 커다란 행복을 느끼게 했다.

무선 포트 끓는 물이 100도를 넘어서자 포트의 전원이 꺼지며 연기가 아지랑이처럼 피어올랐다. 종이컵에 뜨거운 물을 붓자 작은 알맹이들이 사르르 녹아내리는 것이 보였다. 뜨거운 커피의 온도를 조금 낮추고자 입김을 후-후 불자 비행 탐사선 실내에 커피의 향내가 그윽하게 번지기 시작했다. 뜨거운 커피의 카페인이 경직되어 있던 심박동을 빠르게 뛰게 만들어 주었다. 혀의 감각으로 쌉쌀한 커피의 맛을 느끼자 우주탐사에 참여하기 힘들다는 모든 NASA 연구소 직원들의 말에 의문이 생겼다.

조용한 탐사선 안, 스피커 기계 티니의 조용함, 올라탔던 모든 일행이 잠들어 있는 순간, 시몬은 무엇부터 해야 할지 고민이었다. 달콤한 커피를 원했던 5분 전, 달콤한 설탕이 들어가 있지 않은 커피는 지금 탐사선의 상황을 이따금 다시 느끼게 해 주었다.

시몬은 탐사선 창문에 가까이 다가가 광활한 우주의 세계를 자세히 들여다보았다. 이제는 적응할 법한 어두운 우주의 세계, 낮이 없는 어두컴컴한 차원을 넘나드는 세계에서는 오직 멀리서 빛을 내는 별만이 불을 밝혔다. 커피를 다시 한 모금 들이켰다. 씁쌀한 카페인이 혼자 우두커니 남겨져 있는 이 넓디넓은 끝이 없는 차원의 공간에서의 삶의 무료함을 덜어 주는 듯했다.

무중력 상태인 우주공간에 떠 있는 온전한 힘을 잃어버린, 빛이 없는 움직임을 감지하자 시몬은 알 수 없는 물체에 시선을 고정시켰다. 연구원들이 그렇게 발견하고 싶어 하던 외계 물체와 비슷했다. 자신이 바라보고 있는 물체를 두고 사람들은 외계인이라 부를 것이 확실했다. 그러나 그 외계인에게 가까이 다가갈 수 없었다. 외계인과 대화가 가능한 기계만 있다면 주파수를 맞춰 어떠한 대화라도 하고 싶었다. 왜 그곳에 떠 있는지, 어디를 향해 가고 있는지 묻고 싶었다. 갇힌 우주탐사선 안, 신체의 모든 감각과 신경을 끌어모았다. 할 수 있는 일은 창가에 얼굴을 가까이 맞대어 외계인의 소리를 감상하는 것이었다. 조용한 숨소리마저 허용되지 않기에 들숨과 날숨의 기를 끌어

모아 귀로 보낸 후 청각을 곤두세워 우주의 소리를 듣고 있었다.

마치 엄마의 배 속에 있는 아가가 태동의 소리를 듣고 안정감을 찾듯 시몬은 금세 안정감을 되찾았다. 남들은 평생 꿈꿔도 올 수 없는 또 다른 세계라 일컫는 우주의 차원에서 시몬은 생전 보지 못한, 기대하지 않았던 물체와의 만남에 친구를 하기 위해 한정적인 공간에서 탈출하려 노력했다. 몸의 몇십 배에 달하는 우주복을 몸에 장착하고 날렵한 외계인의 행적을 추적할까 고민했다. 그러나 그것은 혼자, 독단적으로 움직여서는 안 되는 것이었으며 생각지 못한 많은 위험이 도사릴 일이었다. 외계 물체를 발견했다는 큰 기쁨에 무한한 가능성을 느낀 시몬은 수많은 생각이 들었다.

만약 이 비행 탐사선의 공간에서 말없이 사라진다면, 잠들어 있는 일행들이 깨어나 우주의 세계에서 방황하고 있을 자신을 위해 탐사선을 버리고 자신을 찾으러 와 줄 것인지, 그들에게 있어서 자신의 존재에 대해 생각했다. 평온함과 고요함이 그리워진 시몬은 다시 하이버네이션 캡슐로 돌아가 동면에 들 것인지 고민이 되었다. NASA에서의 인간관계, 일로 맺어진 인연, 인터넷의 송수신기가 차단되어 연락할 수단이 사라진다면, NASA와의 연락이 영원히 차단돼 지상과의 통신이 가볍게 끊기게 되는, 사람의 생명이 눈 깜짝할 사이, 한 줌의 잿가루가 되는 그런 최악의 시나리오는 피해야만 했다. 고개를 세차게 흔들어 보았다. 일어나지 않을 일에 대한 생각이 꼬리에 꼬리를 물자 뇌의 한 부분이 불안감에 사로잡혔다. NASA와의 연락이 끊길 일은 절대로 없을 것이었다. 우주탐사선이 지상과 결별하는 순간 핵에 관한 막중한 임무를 맡게 되었다는 것을 조종사 아티커스에게 건네 들었다. 그것은 우주탐사선에 함께 올라탄 인원의 합심으로 위험이 도사리고 있는 세기의 전쟁에서 주도권을 쥐고 세상을 바꿀 수 있는 연구 결과를 얻어 내는 일이었다. 만약 임무에 실패한다 하더라도 우주를 안전하게 떠나 지구라는 행성에 도착해 지상과 발이 맞닿는 순간엔 우주에 대한 그리움이 가슴에 영영 사무칠 것이었다.

어릴 적 우주를 비행하다 세상과 작별하셨다는 부모님의 길고 긴 이야기는 어느새 NASA의 모든 연구원이 알고 있는 깊고 아린 이야기가 되어 버렸다. NASA에서 흔히 말하는 핵의 개발, 농축된 우라늄을 싣고 달리는 우주탐사선, 남들은 듣기만 해도 움찔거리며 공포감에 가까이할 수 없는 실험체들을 이 구역에서만큼은 더욱더 가까이, 세밀히 들여다보며 연구해야만 했다. 우주에서의 생활은 결코 남들이 침범할 수 없는 구역이었다. 이곳에서만큼은 새로 개발한 위험한 물질들을 타인에게 피해가 되지 않는 선에서 연구할 수 있는 특별한 권한이 주어졌다. 우주탐사선의 타이머가 다음으로 넘어가는 순간, 다 같이 제로를 외치는 그 순간, 우주탐사선에 실은 작은 시험 유리관 안에 농축된 소량의 우라늄과 함께 지상에서의 마지막 이별일지도 모른다는 생각을 했던 순간을 생각하니 가슴속 무언가 감정이 뜨겁게 달아오르며 터져 나왔다. 목성에 도착해서는 우주선에 탄 일행들과 함께 소량의 우라늄을 전문적으로 다뤄야만 했다. 그래서인지 시몬을 제외한 세 명의 일행은 우주선 속에서만큼은 마음의 평정을 유지하고자 스스로 동면에 들기를 원했다. 온갖 촉각을 곤두세워 일했던 NASA와의 잠시 긴 이별을 스스로 선택함과 동시에 안정된 평온함을 부여받은 것이었다.

생각에 잠기기도 잠시 시몬은 캡슐 안 곤히 잠들어 있는 그들과 달리 우주 속에서 깨어 있는 자유를 만끽하기 위해 붙박이식으로 고정되어 있는 오븐으로 가까이 다가갔다. 출출해진 시점, 식료품 냉장고에서 압축기로 진공포장 되어 있는 고구마를 하나 꺼내어 전기오븐 안에 넣고 타이머를 10분에 맞춰 두고는 다시 모니터 앞으로 가 노래를 선곡하기로 하였다. 많은 노래리스트 중 애정하는 노래를 전곡으로 재생해 두고 흘러나오는 노래를 콧노래로 흥얼거리기 시작했다. 연구소에서 는 가당치 않을 이런 여유로움, 남들이 보면 제정신 아니라며 눈요기 샘으로 시몬을 바라볼 것이 분명했다. 연구소에서는 위험한 화학물질을 다루는 만큼 모든 사람이 입을 한자의 한 일 자로 굳게 다물고 오로지 자신 책상 앞에 놓여 있는 해당 물질에만 몰두했다. 물론 그곳에서 핵 물질에 관해 연구하는 모든 연구원의 연구 방법이 모든 완성의 해결책은 아니었다. 정해진 크기의 구역에서 자신 앞에 놓여 있는 수많은 비커와 씨름을 하며, 골똘히 원인 모를 물질들을 다루는 매캐한 연구소를 떠나 이곳에 존재해 있는 것은 그야말로 이상적인 꿈과 같았다.

아무도 의식하지 않는 여유로움을 만끽할 때쯤 10분이 지났는지 오븐 속에서는 살짝 덜 익어 보이는 고구마를 한사코 꺼내어 달라고 동일한 소음을 내며 보채어 대었다. 시몬은 총총걸음으로 오븐 앞에 다가섰다. 플라스틱 접시 위에 설익은 듯한 고구마를 꺼내었다. 모니터 앞으로 고구마가 담긴 접시를 들고 가 하얀 연기가 모락모락 피어나는 샛노란 고구마를 호호거리며 한 입 베어 물고는 코코아 한 잔과 함께 든든한 한 끼를 해결하였다. 탐사선의 외부 온도와 고구마의 따끈한 열기로 인해 창가에는 서리가 피어나고 있었다.

조그만 창문 틈새로 얼려진 눈의 결정은 마치 겨울이 오는 듯한 느낌을 주었다. 자신의 이름이 적힌 캐비닛 앞으로 가 세세하고 촘촘히 짜여 있는 하얀색 니트를 하나 꺼내어 입었다. 지상에서 즐겨 입던 자신의 옷을 입자 그리웠던 집 고유의 냄새가 마음을 가볍게 해 주며 기분이 한결 편해짐을 느꼈다. 스피커 음을 최대치로 올려 노래에 맞추어 몸을 천천히 흔들며 춤을 추기 시작했다. 누구나 쉽게 초대받지 못하는 장소에 초대받은 네 명, 모두가 잠들어 있는 이 순간, 시몬이 있는 이 탐사선의 커다란 공간은 누구에게도 자신의 자유를 침범받지 않는 공간임이 틀림없었다.

무거웠던 몸의 척추 근육이 천천히 가벼워짐을 느끼고 노래에 흠뻑 빠져 정신없이 몸을 흐느적거리고 있을 때쯤 쿵 하는 소리가 들려왔다. 우주탐사선이 암초 어딘가에 부딪혔음이 틀림없는 큰 충격이었다. 등골이 오싹해지며 니트를 입은 몸속에 땀이 흐르기 시작했다. 시몬은 재빠른 발걸음으로 조종사 아티커스가 잠들어 있는 하이버네이션 캡슐 앞으로 다가갔다. 바로 옆 잠들어 있는 부조종사 펠틱의 평온한 얼굴이 보였다. 그들을 보고 있자면 사람의 인생은 참 기구하다는 생각이 들었다. 엄마의 뱃속에서 태어나, 태어난 날짜가 정해지며 하는 일에 따라 그들의 직업이 정해지고, 죽는 날은 확실히 정해져 있지 않은 채로 전 세계에 살고 있는 사람들. 어느 때라도 나무 판때기와 못으로 박아 만들어 놓은 나무관에 들어갈 수 있다는 사실을 사람들은 인식하는지조차 의문이었다. 사람의 신체에서 영혼이 떠나가 붉은색 핏기가 전혀 돌지 않는 창백한 얼굴, 만일 이들에게 꾸준히 연락이 닿는 지인이나 가족이 없다면 모든 사람은 의문의 죽음을 결코 피할 수 없을 것이란 생각이 들었다.

시몬은 자신의 걱정과 달리 평온해 보이는 이 둘을 보자 자신이 평정할 수 없는 죽음과 삶의 중간에 위치한 그곳에 침범한 듯한 초조한 생각이 들며 그들과 함께 동면에 들어야 하나 싶은 불안감이 엄습해 왔다. 방금 전 자신이 한 행동이 그들을 깨울 수 있는 거대한 헤르츠의 소음이란 생각이 들자 자신의 행동이 10대 어린아이의 처절한 몸부림이란 생각에 웃음이 피식 새어 나왔다. 쓸데없는 고민, 그들이 의문의 소음에 깨어나지 않게 시몬은 스피커의 음향을 조금 낮추고는 침묵의 안정을 되찾았다. 그러기도 잠시 비행 탐사선에 작은 충돌이 연달아 일어났다. 놀란 시몬은 유리창으로 가까이 다가가 창밖을 내다보았다.

탐사선 위로 우수수 떨어지는 알 수 없는 작은 검은 모래 가루들을 보자 이 크고 작은 모래 알갱이들이 한꺼번에 지구행성 안으로 떨어진다면 그것은 지구의 종말이나 다름없다고 생각했다. 눈앞에 떠다니는 정체 모를 가루들은 마치 화산이 터지고 난 뒤에 모든 생물이 녹아내린 후 생긴 화산재의 모래 가루들과 같았다.

시몬은 놀란 가슴을 쓸어내리고는 발걸음을 일행이 잠들어 있는 하이버네이션 캡슐로 다시 향했다. 캡슐 속, 곤히 잠들어 있는 그들의 이름없는 보금자리에 작게나마 안식의 글을 새겨 주기로 했다.

절대 깨우지 마세요.

이건 그들이 원해서 잠을 청한 것이란 암묵적인 동의에 의한 표시였다. 이름 없던 보금자리에 글씨가 새겨지자 공허했던 한쪽 가슴이 뭉클해져 왔다.

화산재 가루들이 끊임없이 떨어지는 것을 보며 NASA에서 개발한 통신 프로그램을 모니터 화면에 띄우고는 현재 일어난 자연재해에 대해 의무적으로 녹음하기 시작했다. 컴퓨터 타자기에 손을 가져다 대자 전류가 흐르듯 손끝의 찌릿함이 뇌까지 전달되며 손가락이 반사신경으로 빨라지며 마치 기계 인간이라도 된 듯 시몬의 양쪽 눈동자의 초점과 손놀림은 빨라져만 갔다. 현재 있는 궤도 행성과의 거리와 지구의 거리를 얼핏 계산해 볼 때 자그마치 150일이란 시간이 흐른 듯했다. 눈으로 보고 있는 화산재가 지구까지 도달하려면 대략 5개월이라는 시간이 걸리기에 지구에서는 자연재해가 발생하기 150일 전으로 돌아온 셈이었다. 이 모든 것을 계산해 자연재해의 위험을 미리 예방한다면 그것은 전 세계를 구하는 것이었다. 쉽게 말해 타임머신을 타고 과거로 돌아가 필연적으로 일어날 수밖에 없는 일들을 뒤바꿔 역사를 바꾸는 것이었다. NASA에서 1년에 한 번씩은 무조건 탐사선을 쏘아 올리는 이유이기도 했다. 과거를 뒤바꾸는 일만큼이나 미래를 내다보아 전 세계에서 막강한 권력을 쥐고 흔드는 것 또한 안전 궤도를 달리는 일이었다. 과학적인 연구를 끊임없이 해 무기고의 무기를 채우는 것 또한 전쟁을 예방하는 중요한 일이었다.

시몬은 기계적으로 두드린 글들을 다시 한번 확인하고는 모든 데이터를 NASA로 전송하였다. 컴퓨터에 저장되어 있는 파일이 인공위성을 거쳐 NASA 연구소 메일함까지 도달하는 시간은 10분도 채 되지 않는 시간이었다. 앤드로이 박사만을 위해 프로그래밍 되어 있는 파일의 코드를 채워 넣어 열어 보는 순간, 이곳과 연결되어 우주의 시공간을 뛰어넘는 일이 벌어졌다. 팀 내에서는 NASA의 모든 연구의 진행 상황을 철저한 보안 속에 유지되었다.

앤드로이 박사는 인공위성의 주파수를 연결해 통신과의 접촉을 시도 할 것이었다. 물론 시몬이 탐사선 내에서 동면에 들지 않고 깨어 있다는 것은 그 누구도 모르는 일이었다. 사람들은 흔히 이상적인 밝은 세계의 천국을 굴곡이 없는 평지에 푸른 초원이 드넓게 펼쳐져 어떠한 방향이든 천천히 걸어갈수록 깨끗하고 신선한 공기를 마시는 곳으로 떠올린다. 그러나 시몬은 아침이 존재하지 않는 남색 빛이 전체적으로 물든 천상의 세계, 그 중간중간 멀리서 보이는 반짝반짝 빛나는 광물들과 마주해 눈동자에 눈물이 고일 때, 그것이 진정 가슴속에 존재해 있는 천국이라는 생각이 들었다. 사람의 손길이 전혀 닿지 않은 자연적으로 만들어진 우주, 그것은 인간이 마지막 죽음을 앞에 두고 자신의 영혼에 새겨 드는 감정 즉 회개를 느끼게 했다. 그렇게 회개를 하면 할수록 자신의 죽음에 대해 미련을 두지 않고 탐사선이 가는 자연적인 궤도를 따르는 긴 여행을 겸손히 받아들이게 됐다.

눈앞에 드리워진 물 위에 떠 있는 물안개처럼 뿌연 현상에 머뭇거리기도 잠시 눈앞에 펼쳐진 기이한 현상들을 보고 입이 다물어지지 않았다. 놀랄 틈도 없이 시몬은 자신의 이름이 써진 개인용 캐비닛을 열어 챙겨 온 카메라의 ON 버튼을 눌러 보았다. 지-잉 하는 짧은소리와 함께 카메라의 렌즈가 나오며 초점을 행성 옆에 떠 있는 물안개에 맞추었다. 이것이 순간의 역사가 되길 고대하며 연속적으로 카메라의 셔터를 눌렀다. 우주에서 목격하는 작고 미세한 어떤 것이든 남들에게 설명하고 전달하기에는 한계가 있었기에 눈으로 보는 그 모든 것을 카메라 안에 담아야만 했다. 비행선에 함께 올라탄 팀원들조차도 자신이 하는 말들이 농담인 듯 우스갯소리로 듣기도 하였다. 시간에 따른 우주의 변화에서 모은 작지만 새로운 정보들이 모여 데이터가 되는 것을 떠올렸다.

물안개가 병렬적으로 길게 드리워지며 위성 근처까지 떠 있는 희뿌연 안개를 주시하자 이상함을 느끼기도 잠시 얇은 비행선의 물체가 번-쩍하고 지나가며 밝은 빛이 펼쳐졌다. 자신들이 타고 있는 우주탐사선 외에 다른 탐사선이 존재한다는 뜻이었다. 망막에 비추어졌던 작은 비행선이 감쪽같이 사라진 것을 눈으로 보고도 믿기지 않는 지금 이 순간, 왠지 모를 불안감이 엄습해 왔다. 자신들이 향하는 목적지와 의문의 탐사선의 목적지가 동일해 겹치게 될 경우, 그것은 국가적으로 전쟁을 불러일으킬 수도 있는 중대한 문제였다. 불가사의하게 일어난 현재의 모든 상황을 긴급 상황으로 여겨야 할지 그저 자연의 아름다운 한 경관을 감상했다고 해야 할지 잠시 많은 생각이 꼬리에 꼬리를 물고 늘어졌다. 인류를 구해야 한다는 생각으로 어떠한 곳에 시선도 두지 않은 채 골똘히 깊은 생각에 빠졌다.

시몬은 순간 의문의 한 비행 물체에 이끌려 그것을 더욱 가까이 보기 위해 자신도 모르게 조종실로 향했다. 조종실 입구에 다다르자 무언가 금지된 구역의 선을 넘지 말아야 할 장소에 이른 듯 스스로에게 질문을 던졌다. 순간 흐릿했던 눈동자에 핏발이 서기 시작했다. 이럴 시간이 없다는 판단이 서게 되자 눈가에 핏발이 가시며 탐사선의 속도 계기판과 좌표를 확인하기 위해 금지된 구역 앞에 멀뚱히 서 있었다.

아무도 없다는 것을 그 누구보다 잘 알고 있는 시몬은 예의상 조종실의 문을 두어 번 노크하고는 자동비행 모드에 들어가 있는 펠틱의 자리에 앉아 반대편에 떠 있는 비행선에 집중했다. 외계의 물체가 아닌 NASA의 이름이 써 있는 작은 비행선을 보자 불안했던 손끝의 떨림이 안도감으로 바뀌었다. 상대방의 비행선과 주파수를 맞추어 신호를 교류할 수는 없었지만, 자신이 타고 있는 탐사선이 결코 추락할 일은 없을 것 같다는 생각이 들었다. 그저 두 눈으로 창가에 비추어진 필연적으로 일어나고 있는 의아한 광경들을 구경했다.

광활한 빛과 함께 비행선이 감쪽같이 시야에서 사라지고 없어졌다. 시몬의 입이 떡 벌어질 만큼 광대한 빛이라 입을 다물지 못했으며 길고 긴 삐- 소리와 함께 양쪽 귀가 먹먹해져 왔다.

우주에 떠 있던 비행선이 짧은 순간 핵이 터지듯 산산조각이 나 버려 미세한 물질들과 함께 공중에 분해되어 사라졌다 한들 현재 마주한 광경을 누가 믿을 수 있나 싶었다. 사람들은 수천억 원을 들여 만든 사라진 우주탐사선에만 관심을 가질 뿐이었다. 짧은 순간 비행선과 함께 공중분해된 그들의 사체와 영혼이 아무도 없는 이 중력의 공간에서 떠돌지 않게끔 비행선에 탑승한 젊은이들의 죽음에 대해 깊은 애도를 표하지 않을 수 없었다. 이곳에서만큼은 상대방의 의문의 죽음에 대해 태어난 순간부터 죽음에 이르는 짧은 여생에 대해 그 누구도 일절 한마디도 하지 못했다. 그 누구도 마주하지 못하는 이 공간, 시간과 세월이 평생 멈춘 듯한 이 시점, 다섯 손가락을 한 줌의 시간을 가볍게 쥐듯 쥐어 보았다. 손가락 사이사이로 자연스레 빠지는 1분 1초가 살아 있음에 또 한 번 감사함을 느끼며 견고한 우주탐사선이 안전하게 목적지에 도달하기를 간절히 바랐다.

허공에 떠 있던 영혼이 잠시 가출하다 제자리로 돌아온 듯 멈추었던 심장은 들끓어 오르기 시작했다. 목적지에 도착해 지구로 안전하게 돌아오기까지 앞으로 남은 삶을 걱정할 터였다면 이 탐사선에 오르지도 않았을 것이며 오른 순간 모든 우주 만물에 대해 이따금 연구에 몰두해야겠다는 다짐을 했다. 그래서인지 NASA에서는 이른 시간 내에 더 업그레이드된 우주탐사선을 제작해 다시 띄울 수밖에 없었다. 많은 위험에도 불구하고 수많은 사회 초년생들이 우주탐사 기회를 엿보기 위해 끊임없이 NASA의 문을 두들겼을 것이다. 아이큐와 이큐 모든 조건에 충족된 젊은이들이 부족한 부분에서 오는 허탈감과 박탈감은 기대감을 무력하게 만들었다. 우주탐사선의 큰 위험을 무릅쓰고도 탐사선에 오르려는 많은 사람의 심리는 무엇일까 싶겠지만 긴 여생에서 죽기 전 누구나 할 수 없는 특별한 경험을 하기 위함이 아닐까 싶다. 마치 버킷 리스트 목록의 제일 이루고 싶은 부분의 한 획을 긋는 것이 아닐까? 반대로 생각해 보면 삶의 끝자락에서 더 이상 잃을 게 없어진, 그 누구도 의지할 수 없는 홀로서기 인생에서 사람이 아닌 기계가 사람의 마음을 안정시킨다는 것이 참으로 황량한 사막에서 먼 길을 내다보아야 할 때이며 그것이 얼마나 가슴 아프고 슬픈 일인지 그 누구도 느끼지 못했다.

돌아갈 품이 없는, 가족이란 따뜻함에 기댈 수 없는 시몬은 사람들이 모여 사는 공간이 아닌 기계들로만 가득한 우주의 공간에서 함께 오른 팀원들에게 따스함과 온기를 안겨 주었다. 개개인의 일상생활들을 궁금해할 필요가 없이 미래만을 떠올리고 앞길만을 내다보며 항해하는 길이 NASA와의 두터운 인연을 안겨 준 듯싶었다.

자연이 주는 아름다움과 생명공학이 만나 이루어지는 목성에는 연구할 것이 많이 남았다. 물론 그곳에 가면 이전 다른 탐사선이 왔다 지나간 흙 먼지와 오염된 물질들이 가득해 몸을 보호하는 엄청난 무게의 우주복을 입고 아침과 저녁의 온도 변화 차이가 심한 환경에 적응해 살아가는 것은 물론 만만찮은 일이다. 흙 먼지와 바람이 만나 황사가 크게 파도처럼 휩쓸고 지나가 평온해진 행성에서 우연히 마주친 외계 생물들과 접촉해 여태껏 보지 못한 세포를 연구하다 죽는 것보단 핵이나 바이러스를 보유해 지구의 환경이 파괴돼 멸망하더라도 나라가 세계전쟁에서 우위에 설 수 있는 것이 모든 국가의 바람이기에 핵이 터지는 반동의 규모에서 범위를 늘리거나 줄일 수 있는 실험의 자유에서 해방되기 위한 물질에 대한 연구를 끊임없이 하는 중이었다. 그러나 세계의 평화를 위해서는 우주에서 새로운 생물을 발견했다는 공식적인 뉴스 보도를 내세워 사람들의 많은 관심과 이목을 집중시켜야 했다. 사람이 큰 재주를 부려 많은 관중들에게 관심과 호응을 얻는다 해도 그것은 과학적인 생명공학 이야기를 다루는 만큼 신선한 일이 아니니다. 그러다 보니 각국이 협조해 최대한 많은 행성을 돌아다녀 새로운 유기물체를 찾기 위해 고군분투해야만 했다. 핵에 대한 연구가 진정 타국으로부터 나라를 지키기 위한 최선의 방법인지는 국가의 기밀 사항이며 그 누구도 쉽게 접근할 수 없는 금지된 내용이었다.

새로운 핵 유기물을 손에 넣는다면 그것은 국제적으로 권력을 쥐고 행사하는 것만이 아닌 국가 경제에 큰 도움이 되었다. 새롭게 압축된 유기물들과 새로운 연구로 완성된 바이러스 세포들은 암암리에 타국으로 수출하거나 판매할 경우 나라의 국고를 쌓는 데 크게 한몫을 했다.

그러나 지구 상에서의 핵실험은 모든 국가가 반대하는 일이었기에 예외인 우주행성에서 필사적으로 많은 돈을 투자해 우주탐사선을 쏘아 올릴 수밖에 없었다. 그러나 그에 따른 인명 사고는 그 누구도 책임지지 않았으며 책임을 전가할 수도 없었다.

핵실험들로 인해 각 나라가 다녀간 행성에서는 정체를 알 수 없는 오염된 폐기물과 유기물, 죽어 가는 토양이 생겨났다. 그러나 사람들은 이 사실을 알지 못했으며 NASA의 관계자들은 모든 실험을 비밀리에 시작한다는 조건으로 연결된 네트워크 조직과 같았다. 사람들이 꿈을 꾸는 그토록 가고 싶어 하는 우주에 있는 모든 행성은 사실 지구보다 더 오염되고 미세 먼지가 몇만 톤 존재하는, 궤도의 선을 따라 떠다니는 유령의 행성이라고 할 수 있었다.

준비되지 않은 자는 떠날 수 없는 자석처럼 끌어들이는 중력의 부름은 아무도 걱정하지 않았다. 모든 것을 빼앗기기 전 권력을 가져야만 사람이 사람답게 살 수 있는 자유라는 행복이 쥐어졌다. 자유가 없다면 조그마한 박스 케이스에 가둬 둔 햄스터가 매일같이 쳇바퀴를 굴리듯 매일 똑같은 일상에서 고된 노동을 벗어날 수가 없는 것과 마찬가지였다. 그뿐 아니라 대량 학살이 암묵적으로 일어나는 이 큰 슬픔은 누구도 잊을 수 없는 아픔이기에, 그것을 어떻게든 막아야만 나 자신을 지키듯 나라를 지킬 수 있다.

밤하늘에 떠 있는 별들은 멀리서 보면 어둠만이 가득한 곳에 아름답기 그지없는 반딧불들이 모여 세상에 없던 유일무이한 아름다움을 만들어 내는 것이다. 그것이 하루 중 반나절이 지난 저녁에 내보이는 가장 빛나는 아름다움이었다.

시몬은 눈앞에서 일어난 광경들을 목격한 후 기록하지 못한, 아니 할 수 없는 이것을 평생 혼자 간직해야 할 비밀이라고 생각하고 입을 굳건히 닫으며 조종실에서 나와 누군가 들을까 문소리가 나지 않게 조심히 문을 닫고는 조종실 앞에 놓여 있는 의자에 비스듬히 기대어 앉았다. 내가 아닌 타인이, 죽음의 문턱에 이르러 죽음까지 도달하는 것을 목격하고 난 후 한참이 지나자 배에서는 허기를 채워 달라는 간절한 꼬르륵 소리가 요동쳐 왔다. 의자에서 일어나 음식 저장고에 놓여 있는 방대한 식량을 보자 안도감이 찾아왔다. 우주탐사선 안에서 음식이 동나 버린 탓에 배를 쫄쫄 굶어 죽는 일은 없어야만 했다. 놀라움이 가시기 전 일행들을 뒤로한 채 급하게 배를 채우고 싶다는 생각을 저버린 후 일행들이 누워 있는 하이버네이션 캡슐로 발걸음을 돌렸다. 최적의 온도에서 편안히 잠들어 있는 그들을 보자 자신 또한 이곳에 누워 있었다면 목격하지 않았을 어마 무시한 일들을 경험한 것 같아 스스로 한탄하고 있을 때 몸이 으슬으슬 떨려 왔다. 궤도의 위치가 제일 낮은 기온을 가진 행성 쪽으로 기운 듯했다. 우주탐사선 창문을 내다보니 탐사선 물체 외부에 칼바람이 몰아치고, 살얼음이 얼어붙은 듯했다.

몸을 녹일 생각으로 공용 캐비닛에서 담요 몇 장을 꺼내어 온몸을 겹겹이 에워쌌다. 몸에 따뜻한 온기가 전해지고, 은박지에 담긴 공용 식료품 중 건빵을 꺼내어 입속으로 가져갔다. 입술에 촘촘하게 쳐 있던 거미줄이 하나씩 걷어지는 기분이었다. 방금 전 연속으로 눌러 대었던 카메라 속의 사진들을 검토해 기본적인 데이터들을 분석하고 모아 NASA로 전송하였다. 데이터를 구축하는 것은 시간상의 문제였다.

이것이 자신이 해야 할 임무라는 생각이 들었으며 지구 상에 있는 모든 NASA의 전 직원들이 알아야 할 중대한 상황이기도 했다. 자신을 제외한 아무도 깨어 있지 않은 지금 누군가에게 옳고 그름을 논할 수는 없었다. 광활한 빛이 번-쩍 하더니 눈앞의 시야를 반쯤 가렸다. 아까 보았던 비행선의 폭발이 대기층에서 또 한 번 일어난 듯 눈이 부시자 눈을 뜰 수가 없었다. 자신이 지금 궤도선의 어디쯤 와 있는지 알아야만 했다. 모든 데이터를 저장하고 전송이 완료되기도 전, 창으로 들어오는 짙은 어둠이 드리워지며 지-지직하는 소리와 동시에 컴퓨터의 화면이 정지 화면이 되었다.

"이런 망할."

시몬의 입에서 짧은 외마디가 터져 나왔다.

실타래의 실이 난잡하게 엉겨 붙어 풀 수 없듯 모든 게 꼬여 버렸단 생각이 들자 아쉬운 마음에 컴퓨터의 타자기를 양손 바닥으로 내리쳤다. 팀원 모두가 행성에 도착해 주어진 임무를 완성하고 안전하게 지구로 돌아갈 수 있다는 희망이 사라진 듯했다.

시몬은 뇌의 회로가 연결되어 있듯 급히 상대성 이론을 머릿속에 떠올려 보았다. 연속된 두 번의 광활한 빛과 연관된 알 수 없는 비행선의 폭발 그리고 인공위성의 거리. 상대성 이론의 공간, 시간, 물질, 에너지의 통합을 이용해 미리 예견된 시공간과 인공위성의 연결된 전기 역학을 이용해 계산된 연속적인 폭발이었다. 그러나 누군가 고의적으로 만든 폭발이라고 단정 지을 수는 없었다. 무거운 물체에서 뿜어져 나오는 에너지의 과부하로 인해 빛도 빠져나올 수 없을 만큼 큰 중력을 가진 회오리 모양의 초대질량 블랙홀이 원인일 수도 있었다. 소문대로 어마 무시한 블랙홀은 강한 중력의 끌어당김으로 모든 것을 빨아들여 작은 빛조차 빠져나올 수 없게 만들었다. 블랙홀의 강력한 중력 탓인지 이제는 더 이상 NASA와의 연락이 단절되어 버려 데이터를 구축할 수가 없었다. 누군가 계획적인 음모로 인해 인공위성을 도킹하려다 실패한 잔인한 흔적이 방대한 블랙홀의 천체로 보이는 것일 수도 있기에, 눈앞에 벌어진 모든 사건을 단연코 무엇이라 단정 지을 순 없었다.

등줄기에 송골송골하게 맺힌 식은땀이 등줄기를 타고 길게 흘러내렸다. 잦은 핵실험으로 모든 행성은 이미 탄화수소와 유기물들이 존재하지 않을 정도로 피폐하고 황폐한 땅이 되었음을 안타깝게 여겼다. NASA의 문턱을 넘기 전 가난한 현실은 시몬을 힘들게 했으며 스스로가 비굴해지는 현실이 싫었다. 여태껏 홀로서기를 해 온 탓인지 누구에게 크게 의지하지 않고 살아온 탓인지 탐사선 내에 함께 올라탄 인원들이 가족만큼 소중하기에, 말로 다 표현하지 못할 만큼 그들을 지키고 싶어졌다. 말 못 할 현실 탓에 정신이 깨어 있지 않은 몽롱한 현실이 어쩌면 더 마음에 평화를 가져다줄 수 있겠다는 생각이 들었다. 현재 마주한 현실을 바꿀 수 없다는 판단하에 먼저 동면에 든 그들처럼 동면에 들기로 결심했다. 자동비행 모드로 설정해 놓은 우주탐사선에 모든 것을 맡긴 채.

3. 코빗

한 번도 흘러가는 시간에 대해 아깝다고 생각해 본 적이 없었지만 잠에서 깨어 있는 순간에는 돈이 없는 가난한 현실을 1분 1초도 잊을 수가 없었다. NASA의 세포 연구실에서는 모든 인원이 세포를 배양하는 데 힘썼다. 체외 수정으로 만들어 낸 복제인간을 뛰어넘어서 핵실험에 연구에 몰두를 한 탓인지 많은 연구원이 핵 연구 도중에서 흘러나오는 농축된 위험 물질들로 인한 특이점이 생기기 시작했다. 아무리 농축된 우라늄이라고 하여도 대량살상무기이기에 방사선과 자주 접촉했던 연구원들에게서는 얼굴의 한 부분이 무너지거나 손이나 발이 기이하게 구부러지며 말라 휠체어가 없이는 일상생활을 할 수 없는 세포의 이상 병변과 노화로 인한 많은 직원의 급격한 노령화가 시작되었다.

정부의 규제하에 NASA는 더 이상 핵실험에만 모든 시간과 열정을 바칠 수는 없었기에 항생제에 쉽게 죽지 않는 반영구적인 세포 증식이 가능한 새로운 연구에 몰두했다. 세포가 반영구적으로 증식이 가능하다면, 사멸하는 일이 거의 없다고 보아도 무방했다. 만약 이 세포를 이용해 평생 치료할 수 없는 세포를 만들어 낸다면 그것은 나라의 인원수를 감축하는 데 큰 몫을 할 터였다.

모든 세포는 분열하다 그 세포를 죽일 수 있는 치료제가 나타나면 바로 사멸하는데, 반영구적으로도 증식하는 세포는 불멸화를 일으켜 치료제로도 죽지 않는, 사람을 포함한 포유류 몸속에 영원히 세포를 보유할 수 있는, 포유류가 죽고 나서도 세포의 수명이 최고의 달하는 코빗이라는 세포를 만들어 내게 되었다. 코빗이란 바이러스를 증식시키고 활성화시키는 데에는 꽤 많은 시간이 소요됐다. 그러나 한번 증식하기 시작하면 어떠한 조건에서라도 증식이 멈추지 않고 불멸화되기 때문에 사람 몸의 영원히 기생하는 죽지 않는 바이러스가 마침내 개발된 셈이었다. 현미경으로 들여다본 코빗이라는 이름을 가진 새로운 세포가 강하게 증식하는 것을 보고 다들 재미있는 현상이라며 놀라워했다. 공기 중으로는 옮길 수 없고, 사람과 사람과의 접촉으로만 전염이 가능했다.

바이러스와 사랑에 빠졌다고 농담을 던질 만큼 애정을 갖고 시작한 흥미진진하고 놀라운 연구 결과물이었다. 사람이 해결할 수 없었던 신의 영역을 뛰어넘는 순간이었다. 실상 연구원들이 개발해 놓고도 두려워하는 바이러스의 존재가 세상에 등장한 것이었다.

만일 이것이 사람 몸으로 전염되어 사람과 사람 사이의 옮는 유행성 피부질환이 한번 나타나기 시작하면 온몸에 퍼지는 것은 시간문제였다. 연구소 안에서는 코빗이라는 세포 연구에 대해 '들어도 듣지 못하고, 보아도 보지 못한 것이다'라는 속담을 내놓을 정도로 이에 대해 모든 이가 침묵을 지켜야만 했다.

이 바이러스가 개발되자 많은 제약 회사에서는 부리나케 NASA와의 빠른 협약을 맺기를 요청해 왔다. 그러나 NASA에서는 바이러스 세포의 강한 불멸성 때문에 코빗이라는 위험한 바이러스를 쉽게 넘길 수가 없었다. 제약사에서는 별다른 방도 없이 바이러스에 걸맞은 빠른 신약을 개발해 세상 앞에 내놓기 위해 정부의 빠른 협조를 기다리는 중이었다. 정부는 사회적으로 모든 사람이 이해하지 못하는 무언가 그 이상의 것을 추구하는 듯했다. 죽음 뒤에 찾아오는 평온함을 모르는 이들에게 신에게 재물을 바치듯 사람은 언젠가 죽어 이 땅을 떠난다는 것을 삶과 자연의 이치라 생각했다.

모두가 연구에 몰두하고 있을 때쯤 누군가 우스갯소리로 말하였다.

"코빗 바이러스 샘플을 소량 희석해 주사에 넣어 맞아 보시는 건 어떠세요."

사각 뿔테 안경을 써 지적으로 보이는 중년의 여자 연구원 케이티가 말했다. 희끗희끗한 노인네가 연구한답시고 대여섯 차례 연속으로 하얀 쥐를 감정 없이 폐기물 쓰레기통으로 내리꽂는 것을 보자 안타까운 듯 말했다.

케이티 맞은 자리에 위치한 여자 연구원 노아가 나서 말했다.

"농담이시죠?"

"농담이 아닌데요?"

"무슨 그런 끔찍한 말을 하시죠?"

"생각해 보세요. 누군가는 구해 줄 수 없는 행성으로 떠나 언제 돌아올지도 모르는 궤도를 떠도는데 지구 상에 남은 많은 이들은 치료제가 없는 바이러스를 맞고 병에 걸려 시름시름 앓다 죽는 날만 기다려야 한다는 것은 너무 슬픈 일 아닌가요?"

"하지만 그게 세상의 이치인 걸요. 누군가는 아직 완전하지 않은 소량의 백신을 먼저 맞아야 한다는 것이요. 그게 아마 연구실에 있는 연구원이 최초가 되지 않을까 싶네요."

"백신이면 그나마 낫죠."

"그나마 백신이 낫다는 건 무엇을 암시하는 거죠?"

"백신이 바이러스를 0.00001% 희석해서 만들었다는 건 아시죠?"

"네."

머리가 희끗희끗한 노인네는 침묵으로 이 둘의 대화를 가만히 엿듣고는 고개를 세차게 흔들며 말했다.

"코빗의 백신 1분기는 분명 연구원들이 맞게 될 겁니다."

"그럼 저희에게는 선택권이 없는 거나 다름이 없네요."

"그렇죠."

때마침 현미경으로 들여다보던 세포의 반응에서 강한 생존력이 보이는 제2의 코빗이 등장하는 듯했다. 노인네는 자신의 이름을 붙여 만든 바이러스가 세상에 나올 수 있다는 기대감에 잔뜩 부푼 시점,

별다른 테스트를 거치지 않고는 바로 옆 박스 안 바이러스 주사를 맞지 않은 팔팔한 하얀 쥐 중 움직임이 거의 없는 쥐의 꼬리를 잡아들었다. 쥐도 자신의 인생이 이렇게 마감할 것을 알았는지 별다른 발버둥 없이 그대로 축 늘어져 노인네 손아귀에서 벗어날 생각조차 없는 듯했다. 베네딕트 박사는 하얀 쥐 한 마리가 온전히 들어갈 수 있는 플라스틱 케이스에 쥐를 넣고는 그대로 주사를 놓았다. 작은 몸체를 가진 하얀 쥐가 주사를 맞자마자 눈이 빨갛게 충혈되며 대체 나에게 왜 이런 큰 고통을 겪게 만드냐는 애처로운 눈빛을 내비쳤다. 노련한 베네딕트 박사는 손목에 찬 검은색 방수시계의 초시계를 켜 쥐의 동태를 살피고는 플라스틱 케이스 위에 검은 천을 살짝 덮어 두었다. 5분이 흘렀을까 검은 천을 다시 내려놓자 시험용 케이스 안에 있던 쥐의 팔다리는 발작을 일으키며 온몸의 척추가 사라진 듯 고부라지며 움직임이 없어졌다. 늙은 베네딕트 박사는 두어 번 심호흡을 하더니 케이스 안에 멍청하게 누워 있는 하얀 쥐에게 한마디 내던졌다.

"그렇게 멍청하게 누워만 있지 말고 일어나 보라고!!"

온몸이 굳어 버려 완전한 수면 상태로 들어선 하얀 쥐의 생이 마감했음을 직감하자 쥐가 편하게 잠들 수 있도록 검은색 천을 케이스 위에 덮어 주고는 손에 낀 라텍스 장갑을 아무렇게나 벗어 던졌다. 온종일 연구에 몰두한 실험 결과가 별로 좋지 않은 모양이었다.

연구실을 나선 베네딕트의 뒷모습을 본 케이티는 정감 없는 노인네가 지나간 자리를 한번 훑어보았다. 등 위에 누가 올라앉은 듯 몸이 찌뿌둥하더니 0번부터 9번의 척추가 앞으로 굽어졌다. 한숨을 크게 들이쉬고 다시 등을 곧게 펴려 하자 우두둑하는 소리와 함께 짧은 고통의 전율이 몸속까지 전달되었다. 굽은 자세로 오랫동안 일만 한 것이 고통으로 느껴지는 순간이었다. '그럼 그렇지.' 하고 고개를 끄덕거렸다. 한동안 입을 닫고 있던 탓에 입속에서는 단내 비슷한 쉰내가 올라오고 있었다. 카페인에 물을 희석하지 않은 씁쓸한 에스프레소 한 잔이 간절했다. 처음 연구소 사무실에 들어왔던 초창기 사무실의 기억이 아른거렸다. 돈을 아낀답시고 리모델링조차 하지 않은 벽의 낡은 시멘트 조각들이 눈에 선하게 들어왔다. 바닥 위 떨어져 나온 삭은 페인트의 가루들이 보이는 짠 내음이 물씬 풍기는 구닥다리 연구실은 바다를 매립해 연구를 개척해 가는 여느 날과 다름없는 모습이었다.

케이티는 처음 이 연구소 사무실로 이전할 때 확실히 다른 연구소와 다르다는 것을 단번에 알아차렸다. 창가 옆 박스 안 두루뭉술 갇혀 있는 하얀 쥐들을 보고 자칫 조그마한 병균이라도 옮을까 만지기조차 꺼렸던 것이 생각났다. 그러나 실험실에서 연구를 하면서 생각해 보니 실은 사람이 인위적으로 만들어 놓은 바이러스로 인해 온몸이 더럽혀지고 의미 없이 죽어간다는 것을 깨우쳤을 때, 쥐를 상대로 실험하는 일이 정말 끔찍한 일임에도 불구하고, 사람은 생화학 무기를 연구한다는 목적으로 악의가 없는 선량한 마음으로 쥐를 대량으로 사살하기 시작했다는 것을 알게 되었다.

물론 다른 동물들도 예외는 없었다. 가까스로 살아남은 동물에게는 개발을 진행 중인 더 강한 바이러스가 주입되었다. 백신으로 여러 번 치료가 반복된 가운데 끝까지 살아남은 쥐는 치료할 수 없는 더 강한 바이러스가 주입되었고, 오랜 기간 연구로 인해 혹사당한 쥐에게는 그동안 고생이 많았다며 고통을 최소한으로 줄여 주기 위해 안락사를 시킬 수밖에 없었다.

가격이 꽤 나가는 알 수 없는 이름의 마약성이 가득 한 주사를 맞은 쥐는 한동안 빠른 속도로 우리 안을 뛰어다니다 지쳤는지 수일 째 밥을 마다하고 있었다. 얼마 동안 밥을 먹지 않은 탓인지 배가 홀쭉해지다 못해 앙상한 갈비뼈만 유지한 채 끝끝내 얄팍한 호흡을 유지하다 결국 천천히 죽어 가는 동물을 보며 사람만큼 악랄한 것이 없다고 느꼈다. 작디작은 쥐의 몸에는 미세한 바늘 자국만 존재했다. 시간이 지날수록 쥐가 버틸 수 있는 새로 개발된 소량의 마약성 주사의 안정성이 인정되자 투명한 작은 시약병에는 베네딕트 박사가 애정을 갖고 지어 준 이름이 하나씩 붙여졌다. 새로 개발된 마취제는 정부의 허가가 떨어지자마자 우리나라 전국에 있는 병원에 불티나게 팔려 가고 있었다. 그렇게 마취제 산업이 연간 250조 이상 규모로 커지며 베네딕트 박사가 유명세를 떨치자 늙은 노인네의 연구를 방해하는 일원은 두 번 다시 이 연구소 사무실에 발길조차 들이기 힘들어졌으며, 병원 산업에 영원히 몸을 담그는 일도 없어졌다.

그래서인지 베네딕트는 모든 신참이 소문만 들어도 두려워하는 존재이기도 했다. 물론 이곳에서 일어나는 연구와 상호관계에 있는 일들은 일반인들이 다루기 어려운, 노출되면 안 되는 영구적인 일이었기에 더욱이 사람을 상대하는 데 있어서 예민할 수밖에 없었다.

케이티는 어디선가 흘러나오는 매캐한 냄새에 이끌려 철물로 만들어진 농으로 발길을 돌렸다. 발걸음을 한 걸음 더 가까이하자 그곳에선 알 수 없는 썩은 악취가 진동했다. 자물쇠로 굳게 닫혀 열어 볼 수도 들여다볼 수도 없는 철문 안 내부, 그곳은 이미 죽음의 문턱을 넘어선 많은 쥐를 그냥 방치해 두는 장소인 듯싶었다. 연이어 죽어 가는 쥐들을 보며 앞으로의 세상일이 어떻게 돌아갈지 불안한 예감이 엄습해 왔다. 혹시 모르는 일이었다. 아직까지 호흡을 유지한 채 생명의 끈이 끊어지지 않은 쥐들이 마음을 한데 모아 발걸음을 이쪽으로 인도했을 것이란 생각이 들었다. 굳게 닫힌 자물쇠가 케이티의 목 중앙 한가운데를 죄여 왔다. 이유 없이 처참하게 갇혀 있는 하얀 쥐들의 답답함이 생생히 느껴져 왔다.

케이티의 발걸음은 베네딕트의 책상 구석 자리로 향했다. 해를 완전히 차단하는 암막의 검은색 천이 덮여 있는 투명한 케이스가 보였다. 천을 거두어 내자 혹독한 주사로 인해 온종일 열병을 앓고 있는 쥐 한 마리가 누워 있었다. 마시는 것은 큰 기쁨이라고 표현할 수 있을 정도로 고열로 인해 끙끙 앓고 있는 쥐의 갈증 나는 목에 수분을 채워 준다면, 그것은 온몸이 불덩이처럼 오른 고열을 잠시나마 떨어뜨려 고통을 줄여 줄 수 있었다. 하물며 쩍쩍 갈라진 가뭄에 내리는 산성비라도 원하는 애처로운 쥐의 표정을 보며 그 누구든 물을 마시지 않고는 살아갈 수 없다는 것을 다시 한번 상기했다. 바이러스의 고통으로 인해 사지가 마비되어 경직되어 있는 작디작은 쥐의 눈동자에는 눈물이 어렴풋이 고여 있었다. 실험용 동물들을 한 우리 안에 가둬 두고 물을 주지 않는다는 것은 죽음을 앞에 둔 이들에게 작은 기쁨을 누릴 수 있는 자유마저 박탈하는 것과 같았다.

의사와 연구소 사무실의 연구원 둘 중 누가 더 죄의식을 느끼고 살아갈지 죽음에 대해 깊게 생각했다. 사람 인체에 약물을 주입해 책임을 면하는 의사와 동물을 실험 상대로 감정 없이 죽이는 것에 대해 별다른 책임과 고통을 느끼지 못하는 연구원. 그것은 진정 슬픈 일이었다. 누구나 영혼과 신체의 자유를 갈구하는 것은 당연한 이치이므로 세계를 밝히기 위해 자유의 여신상을 내세워 참담하고 비굴한 상황에서도 마음의 평정심을 되찾고 싶어 하는 것은 모든 사람의 바람이었다.

어두운 실내를 밝히기 위해 해를 받으면 안 되는 실험 중인 쥐들을 뒤로 한 채 기다란 천 조각을 가져다 넓게 펼쳐진 커튼을 한데 모아 짧게 동여매었다. 오랜만에 따뜻한 태양의 빛을 만끽한 쥐들이 큰 박스 안에서 이리저리 뛰어다니며 정신없이 노닐고 있었다.

가족이라고 불러도 무색할 정도로 오랜 시간 동안 함께 한 이 쥐무리는 누구라도 먼저 박스 안을 뛰쳐나올 생각으로 서로의 몸을 올라타 머리를 짓이기고 있었다. 일사불란하게 이리저리 움직이던 쥐들도 이내 곧 체력 낭비라는 것을 인지했는지 다시 구석으로 가 차디찬 공기와 칼바람을 피하려는 듯 몸을 둥글게 말아 웅크리고 있었다.

케이티는 상쾌한 바깥 공기를 마시기 위해 굳게 닫혀 있던 창문의 잠금 고리를 애써 열어 보았다. 창가에 한가득 뒤덮인 먼지가 바람으로 인해 순식간에 밀물처럼 몰려와 코와 목 안의 호흡기를 점령했다. 매캐한 먼지가 한 번에 목구멍을 틀어막자 창문을 열기 전 그토록 원했던 씁쓸한 에스프레소 한 잔을 마시러 사무실 밖으로 나가는 것이 훨씬 더 현명한 선택이 아닐까 싶어졌다. 겹겹이 쌓여 있던 수많은 미세 먼지들을 바람이 휩쓸고 지나간 연구실이 공터처럼 깨끗해진 기분이 들었다. 주기적으로 사무실의 창문을 열어 내부의 공기를 환기해야겠다는 생각을 한참이나 하고 있는 때늦지 않은 오후, 주황빛의 내리쬐는 태양이 지금도 충분히 커피를 마실 수 있다는 여유를 내뿜어 보였다.

케이티는 자신의 손 지문이 살짝 묻어 난 베네딕트의 자리를 말끔히 원 상태로 되돌려 놓고는 적적한 사무실을 나와 긴 복도를 나지막이 걸었다. 복도 중간중간 자리해 있는 또 다른 연구실. 그곳에서는 한창 새로운 백신을 연구 중인 듯했다. 상의와 하의가 붙어 있는 일체형의 불편한 연구복과 눈을 다치지 않게 보호해 주는 플라스틱 안경, 양쪽 귀를 따라 고정되어 있는 마스크의 긴 체인이 서로 간의 대화를 불가능하게 해 거리를 유지하고 있음을 짐작하게 했다. 어느 사무실이든 연구에 몰두할 때의 분위기는 조용했으며 긴장을 늦추지 않는 연구실은 상호 간의 수평을 이룬 듯했다. 분주하게 비커 안에 있는 용액들을 기계적으로 스포이트로 옮기며 연구에 몰두해 있는 머리가 덥수룩한 남자 직원이 한눈에 들어왔다. 빡빡하게 일하는 그의 모습을 보며 자신은 아직 여유가 있음에 천만다행이라며 가슴을 쓸어 넘기고는 안도의 한숨을 내쉬었다. 남들이 별 대수롭지 않게 여길 수 있는 많은 실험과 연구들이 세상을 지배할 수도, 세상을 구할 수도 있었다. 그 어떤 것이든 의미가 없는 일은 이곳에 존재하지 않았다.

베네딕트 박사에게 권고사직을 당한, 악랄하게 자신을 괴롭혔던, 선배 한 명이 떠올랐다. 불필요하다며 내다 버린 연구 자료를 다시 가져오라며 버럭버럭 소리를 질러 대던 선배의 모든 명령을 따라야만 하는 연구소의 현실이 떠오르자 답답함을 느낀 케이티는 남자 직원을 지나쳐 연구소를 나왔다. 높디높은 벽들을 타고 곧게 자라난 진달래꽃들이 한창 기지개를 켜는 듯 아름답게 피워져 있었다.

여러 가지 알록달록한 십자수를 수놓은 듯 놓여 있는 순수하며 매혹적인 꽃들을 감상하며 이것이 계절이 주는 소소한 행복일 것이란 생각이 들었다. 입가에 자연스레 옅은 웃음이 맺어 들고 연구소와 한참이나 떨어진 구석진 자리에 오픈이라는 아기자기한 팻말을 걸어 둔 작은 카페와 조금씩 가까워졌다. 이곳은 입구에서부터 커피를 직접 볶는 듯 달콤하고 고소한 깨 볶는 원두의 향내가 코끝을 간지럽혔다. 투명한 유리문의 손잡이를 가벼운 마음으로 열었다. 손자국 하나 묻어져 있지 않은 유리문을 보자 자신이 첫 손님이라는 것을 직감적으로 알아차렸다. 문고리에 붙어 있는 인형의 방울이 딸랑거리는 소리를 내며 카페 안으로 손님이 들어왔음을 알렸다. 카페 안으로 들어서자 커피의 은은한 향이 사람의 마음을 건강한 신경 세포로 바꾸어 주는 듯했다. 지금 이 시각 커피를 마실 수 있는 자유의 시간이 케이티의 심박동을 요동치게 했다.

자신의 영혼과 육체가 아직까지 살아 있음을, 바이러스가 가득한 까마득한 굴레의 늪에서 벗어난 듯했다. 험난한 역경을 한 번도 겪지 않았다고 하면 그것은 거짓말이었다. 매일같이 예민한 일터에서 감정의 굴곡이 온종일 하향선을 내리꽂을 때면 그 날은 헐레벌떡 집으로 돌아와 수면제를 복용해 감정을 둔화시키고 스트레스를 줄이기 위해 억지로 잠에 청했다. 손수 세작한 듯 보이는 올망졸망한 인형이 매달린 앞치마를 맨 카페의 젊은 남자 사장이 다소곳이 에스프레소 한 잔을 테이블 위로 가져다주었다. 작은 잔에 담긴 카페인이 농축된 진한 에스프레소를 먹는 날이면 그날은 집으로 돌아갈 수 있다는 희망은 일찌감치 저버려야 했다. 나날이 과도한 업무가 지속되면 건강한 젊은 청년들도 버티기 힘들어하는 게 현실이었다.

피로가 한참이나 누적되어 연구소 일을 그만둘까도 생각을 해 봤지만, 이 일을 그만둔다면 경제적인 재난으로부터 오는 압박감에 시달려야 했다. 의료적이나 종교적으로 지정한 금식으로 인해 사람의 먹는 욕구를 통제하지 않는 이상 사람은 몸에서 보내는 초자연적인 신호를 거부할 수가 없다. 배고픔을 줄이기 위해서는 무언가 한 가지에 몰두해야만 했다. 체력을 보통 이상 수준으로 유지하기 위해 짬짬이 시간을 내서라도 필히 카페인을 보충해야만 했다.

한적한 흐름이 끊이지 않는 이 공간에 털-털-털-털 자동차의 낡은 배기음이 들려왔다. 물건을 가득 싣고 달리는 화물차의 녹이 슨 소리가 케이티를 초조하게 만들었다. 어릴 적 우연치 않게 목격한 교통사고 이후로 생긴 징크스와 비슷했다. 커다란 화물차가 자신이 앉은 창가 쪽으로 주차를 할 셈인지 화물차의 브레이크를 강하게 밟는 소리가 들려오며 갑작스레 멈춰선 듯했다. 자동차 사고를 목격한 그날 이후로 악몽 같은 두려운 꿈에서 영영 벗어날 수가 없었다. 아니 해방될 수가 없다는 표현이 들어맞는 듯하다. 평생 아물지 않는 상처처럼 쓰라린 추억 탓인지 자신도 모르게 고개를 힘껏 웅크렸다. 누군가 자신을 지켜보고 있을 수도 있다는 생각이 들자 잔을 들고 있던 다섯 손가락이 파르르 떨려 왔다. 뒤이어 들려오는 낯선 남자의 통화음. 그 소리에 초인적인 동물의 모든 청력을 기울였다.

"도착했습니다."

"네, 차량만 가져가시면 될 것 같습니다."

"언제쯤 도착하시나요?"

"5분을 기다리라는 것은 무리인 것 같습니다."

"아니면 차량을 두고 갈 테니 물건만 옮기시고 차량은 다시 이쪽으로 가져다주시면 좋을 것 같습니다."

"예. 빠르고 신속하게 부탁드립니다."

통화를 하는 남자의 목소리는 누구인지 전혀 어림잡을 수 없을 만큼 간결하고 딱딱한 어조의 생소한 목소리였다. 만일 우리 연구소의 일행 중 한 명이었다면, 귀 익은 중저음의 목소리를 이미 간파하고도 남았을 일이었다. 그렇게 화물차는 나무 숲이 우거진 카페 바로 옆, 아무도 접근하지 않는 주정차 금지구역에 마치 주인이 없는 차량처럼 우뚝 세워져 있었다. 짧게나마 휴식을 취하러 카페에 들른 지금. 마주한 이 고통의 상황을 어떻게 헤쳐 나가야 할지 곰곰이 생각했다.

잠시 뒤 의문의 그림자가 어둡게 내려앉더니 화물차를 몰고 급하게 사라졌다. 케이티는 와이셔츠의 팔목을 걷어 올려 시계를 보았다. 이만 연구실로 돌아가야겠다는 생각에 슬그머니 자리에서 일어나 앞만 보며 연구실로 냅다 뛰기 시작했다. 미처 계산을 깜빡한 채로.

연구실에 도착한 케이티는 가쁜 숨을 고르기 위해 숨을 들이쉬었다. 자신의 자리에 앉아 화물차 옆면에 그려져 있던 제약회사의 마크를 종이 위에 따라 그리기 시작했다. 어디선가 많이 본 듯한 마크이기에 어디 거래처와 연관되어 있을까 싶어 베네딕트의 자리를 힐끔 쳐다보았다. 굳게 잠겨 있는 고철 서랍장, 사람 눈에 띄지 않는 서랍장 어딘가에 제약회사의 거래처 번호를 누군가는 고이 숨겨 놓지 않았을까 하는 의구심에 발을 동동 구르며 볼펜을 딸깍거렸다. 그 순간 연구소 전체에 스피커가 켜지며 사람의 말소리가 들려왔다.

4. 이식 칩

“아아…. 마이크 테스트.”

“연구소에 남아 있는 모든 전 직원분들께 말씀드립니다. 오늘부로 저희 연구소 직원들에게 마이크로칩을 신체에 이식할 예정이오니 전원 1층으로 모여 주시기 바랍니다. 이에 동의하지 않을 시 연구소에서 퇴출되오니 많은 양해 부탁드리며 모든 일원이 동참해 주실 것을 간곡히 부탁드립니다.”

스피커로 울려 퍼지는 젊은 남자의 목소리는 마치 아나운서가 낭독하듯 깔끔하게 떨어지는 간결한 말투였다. 케이티는 숨을 다 고르기도 전 카페에서 떠올린 평생의 배고픔을 절대적으로 느끼고 싶지 않다는 생각을 했다. 인간은 네 발로 걷는 동물이 아니기에 더 이상 생각할 가치가 없는 물음의 기나긴 꼬리를 떠올릴 필요가 없었다. 순간의 잘못된 선택으로 인해 평생의 후회를 하고 싶지 않았다.

연구원은 많은 일반인에게 부러움의 대상으로 만들어 주는 직업이기도 했다. 케이티는 첫 소개를 할 때 표정에서부터 잔뜩 기대를 한 표정으로 자신을 대했던 몇몇 남자들의 얼굴이 떠올랐다. 그들은 그윽하고 진정성 있는 눈빛으로 케이티를 대했다. 케이티의 외모 또한 열의 열 넘어오지 않을 남자가 없을 정도로 모든 남자가 호기심이 가득한 눈망울로 그녀에게 시선을 맞추었다. 빠른 시기에 감정의 새싹이 파릇파릇 솟아나기 시작해 금방 시들어 버릴지언정 연애를 하기에는 연구소 직원은 최상의 직업이며 최악의 조건이었다.

더 이상 자신의 헛된 망상에 빠져 시간을 지체할 수 없게 된 케이티는 연구소 일 층으로 내려갔다. 발 빠른 걸음으로 계단을 내려가자 그곳에는 연구소에 남아 늦게까지 연장의 근무를 하고 있던 많은 젊은이들이 옹기종기 모여 있었다. 앞으로 이곳에 있는 청년들과 자신은 나라에 끝까지 남아 많은 논란의 중심인, 마이크로칩을 신체에 인식한, 얼굴이 없는 주인공이 될 것이라는 생각이 더더욱 굳건해졌다. 자신의 차례가 되기까지 기다리는 많은 연구소의 직원들이 무슨 잘못으로 인해 알 수 없는 두려움에 몸을 바들바들 떨어야 하는지 가슴이 아려 왔다.

길게 늘어선 줄, 맨 앞줄에 있던 한 명 한 명이 왼쪽 엄지와 검지 사이 기다란 주사기를 통해 마이크로칩이 피하지방에 들어가는 순간 짤막한 신음과 함께 알 수 없는 묘하고도 멍한 표정으로 자리에서 일어났다. 응석을 부리기엔 어리지 않은 이곳에 모여 있는 어엿한 사회인들은 필히 주의해야 할 사항이 적혀진 종이 한 장을 받아 들고는 다시 제자리로 돌아갔다. 아직까지는 세상에 알려지지 않은 이 실험은 각 개인을 고유의 칩 번호가 매겨진 실험체로 여겼다. 마치 복제인간과 같이 사람의 용모가 아닌 고유 칩의 번호로 사람을 분간하는 시대가 왔으며 어떤 곳을 가도 고유의 칩으로 계산을 하거나 대중교통을 이용할 수 있었다. 마이크로칩의 제일 중요한 핵심은 연구소의 고급 인력 모두가 언제, 누구와 어디를 가던 지구라는 행성 안에만 존재해 있다면 회사에 놓여 있는 수많은 슈퍼컴퓨터가 GPS를 통해 동태를 실시간으로 표시하고 있다는 것이다.

복제인간과 같은 연구소 직원들의 몸체는 이제 회사의 소유와 다름이 없었다. 내가 모든 사실을 알 듯 회사 내부에서의 비밀은 감히 존재치 않았다. 케이티는 자신의 차례가 점차 가까워지자 미국 유명 회사에서 성행하고 있는 마이크로칩이 한국에도 들어온 것에 첨단 시대를 만난 것만 같았다. 얇고 작은 투명한 플라스틱 통 안에 들어 있는 새로 개발된 내장 칩은 모든 것을 저장하는 능력과 더불어 회사에 출퇴근 시간까지 자동 기록했다. 높은 문턱의 연구소의 들어온 만큼 항상 닫혀 있는 출입구의 문을 열어 줄 유일한 정부의 지원이 담긴 작지만 모든 것을 통제하고 제어하는 기기였다. 적지 않은 돈으로 만들어진 마이크로칩. 케이티의 고유 칩 번호는 AA-06으로 어떠한 뜻에서 이 알파벳과 숫자가 조합된 것인지는 도통 알 수 없었지만 뭔가 스페셜하고도 뜻하지 않은 행운의 번호가 자신에게 쥐어진 것만 같아 기분이 영 나쁘지만은 않았다. 연구소 일 층에 모여 있던 많은 인원이 뿔뿔이 흩어지고 마이크로칩은 이곳의 일원이라는 위상과 함께 공동체에 심어졌다. 이식 칩은 암암리에 정부에서 모든 것을 관리하고 있었으며 마치 숨겨 놓은 커다란 군대가 조성된 듯이 새로운 세계가 펼쳐질 것이라며 많은 사람이 기대하는 눈치였다.

국가의 경제력이 다른 나라의 발 빠른 걸음과 달리 한창 뒤떨어지자 다른 나라와의 중간 그 애매모호하게 놓여 있는 외딴 한국이라는 나라는 수출입의 경생에서 점점 뒤처지고 있었다. 이 상황에서 엘리트들만 모여 있는 연구소 직원들의 큰 활약이 나라를 크게 뒷받침할 수 있는 권력을 가져다줄 것을 기대했다. 더 이상 뒷걸음질 치기 어려운 국고 문제를 연구소가 해결해 줄 것을 정부는 믿어 의심치 않았다.

손등에 이식 칩을 심은 뒤 사무실로 돌아와 베네딕트 박사가 급하게 떠넘기고 간 무수하게 쌓여 있는 연구 자료들을 문서에 기록을 해두기 위해 컴퓨터 앞에 앉았다. 타자기를 열심히 두드리는 사이 시간이 이미 한 시간이 지난 듯 엉덩이에 종기가 올라오고 있었다. 손등에 칩을 이식한 후 느껴지는 조금의 고통과 함께 존재하는 간접적인 이물감이 신기하고도 낯설게 느껴졌다. 조용한 이 공간, 자연스럽게 흘러나오는 인체의 신비를 몸에 새겨진 이식 칩과 함께 공유하는 듯한 느낌에 피-식 웃음이 새어 나왔다. 뇌의 신경 선이 은밀히 연결되어 있어 누군가 마치 자신의 우렁찬 방귀 소리라도 듣고 있는 듯 얼굴이 새빨갛게 달아오르기도 했다. 마이크로칩이 몸에 존재한 이후로 혼자 있어도 절대적인 비밀은 세상에 존재하지 않는 듯 커다랗고 넓은 하늘 위 떠 있는 인공위성, 그 어디선가 누군가 기계적으로 지켜보고 있는 현재, 모든 연구에 떳떳해지기 위해 케이티는 항상 스스로 떳떳해야만 했다. 업무 시간을 한참이나 넘긴 지금, 한 공간에 있는 다른 직원들은 이식 칩에 대해 어떠한 생각과 의견을 갖고 있는지 궁금해져 왔다.

컴퓨터의 화면 바로 밑 정각 오후 여섯 시를 넘기자 시선이 창가에 비친 달빛을 바라보았다. 어느덧 해의 길이가 짧아진 듯 황혼의 노을 빛은 금세 저녁 빛으로 천천히 물들어 가고 있었다. 케이티는 업무로 인해 늘어진 자신의 뱃살을 만지며 저녁을 굶어야겠다는 생각을 하며 아직까지 마무리하지 못한 자료들과 노트북을 들고 사무실을 나섰다.

버스를 타고 생체 인식 칩이 심어진 손등을 교통카드 기기에 가져다 대자 "인증되었습니다."라고 녹음된 여성의 음성 소리와 함께 탑승 금액이 카드기 위에 적나라하게 숫자로 표기되었다. 새로운 첨단 과학 시대가 열린 듯 마음속에 끓어오르는 흥분을 감추지 못했다. 버스에 올라 자리에 앉았다. 너무나 조용한 버스 안, 케이티는 고개를 돌려 주변을 이리저리 둘러보았지만, 버스 안에 탑승한 탑승객은 케이티 혼자였기에 그 누구도 자신을 의아하게 쳐다보는 사람은 없었다. 한꺼번에 몰려오는 졸음으로 인해 꾸벅거리다 앞 의자에 이마를 찧는 고통에 떠지지 않는 눈을 어렴풋이 떠 보았다.

집 바로 앞 전 정거장, 내릴 타이밍을 놓치면 안 된다는 생각에 재빨리 하차 버튼을 눌렀다. 빨갛게 들어오는 불빛과 함께 삐-익 하는 소리가 들려오며 버스의 뒷문이 거칠게 열렸다. 케이티는 자리에서 일어나 급히 버스에서 내렸다. 아-차 하는 순간 머릿속이 온통 하얗게 번지며 자신의 어깨에 무겁게 들려 있지 않은 크로스 백을 보고는 큰 돌덩이가 어깨를 짓누르는 것처럼 다리에 힘이 풀려 걸을 수가 없게 되었다. 호락호락하지 않은 노인네 베네딕트의 연구 자료 결과와 함께 모든 연구 기록이 내장되어 있는 노트북이 시야에서 점점 멀어져 갔다.

모든 것을 되돌릴 수 없는 이 시점, 두 다리와 양 주먹에 온 힘을 쥐고 버스를 향해 냅다 달리기 시작했다. 안경을 쓰지 않아 한참이나 낮아진 시력으로 인해 시야가 좁아진 지금, 버스의 번호판이 보이지 않게 되자 한순간의 풀어짐으로 인해 선배의 모든 연구 결과를 잃어버린 이 암울한 상황을 무엇이라 표현해야 할지 눈물이 시야의 앞을 가려 왔다. 더 이상 정신없이 앞만 보며 달릴 수 없게 된 이 상황은 한평생 연구소에 파묻혀 지독하게 일만 해 온 베니딕트의 모든 연구 결과가 다 날아가는 순간이었다.

경복궁의 문을 두드려 양 문을 활짝 열게 만들 수 있을 만큼 놀라운 베네딕트의 연구 결과물들을 전부 잃어버린 꼴이란, 하얀 쥐가 주사를 맞고 내일 당장 버려질지 모르는 박스에 누워 두 손 두 발을 다 들고 배를 보이며 태평히 잠만 자는 것과 같았다. 모든 이가 목적을 갖고 달리는 고요한 도시에서 쉴 새 없이 울려 대는 자동차의 성난 배기음들이 퇴근길을 막지 말고 빨리빨리 앞으로 가라는 암시를 주고 있었다. 갖고 있던 인생의 전부를 잃을 수 있단 것을 확실하게 인지하게 되자 자신이 타고 있던 909번 버스회사에 급히 전화를 걸었다. 따르릉따르릉 길게 울려 퍼지는 전화음이 손과 귀까지 전달되어 몸을 사시나무 떨듯 부르르 떨게 했다. 아무도 탑승하지 않은, 그녀만을 태웠던 909번 버스는 종점에 도착해 주차장 한구석에 정차되어 있었다.

종착점, 분실물 센터에서 찾은 의문의 가방. 그것은 그 누구도 함부로 건드려서는 안 될, 가까이 범접할 수 없는 세상에 없던 바이러스를 포함하고 있었다. 모든 LED의 등을 완전히 끄고 정차되어 있는 버스에 올라탄 케이티는 부리나케 자신의 가방을 되찾은 안도감이 들기도 잠시, 빠른 걸음으로 택시 잡기를 시도하고 있다. 택시에 올라탄 케이티는 달리고 있는 택시가 한시라도 더 빨리 안전하게 집에 이르길, 바이러스 샘플이 무사히 가방에 존재하길 기도했다.

다음 날 아침. 제시간에 맞추어 연구실에 도착해 다들 눈에 튀지 않는 선에서 자신의 연구에 몰두해 있다. 지미 바로 옆자리에 위치해 있는 노아는 저번 달 행성을 탐사할 때 가져온 샘플 자료들을 보며 연구실험을 하고 있었다. 위험한 화학 재료를 조심성 있게 다루지 않은 탓일까, 연구 중이던 현무암 물질로 된 용암 물질이 피부에 튄 것도 모른 채 노아는 습관처럼 연구에만 몰두하고 있었다.

계절이 탈바꿈하려는 탓인지 귀 주변에 윙윙거리는 소리가 맴돈 채 얼굴 표면이 살짝 따끔거렸다. 자신의 얼굴을 들여다볼 여유조차 나지 않기에 연구실 내부에는 거울이 없다. 딱딱한 표면을 가진 현무암 물질이 새로 개발된 시약으로 천천히 녹아 가는 것을 계속 들여다볼 수밖에 없었다. 만약 이것이 시간이 지나 피부에 전혀 해가 되지 않는 치료제로 개발된다면 그것은 사람의 피부에 나타나는 여드름 치료제가 될 것이었다. 그것은 어린 사춘기의 아이들을 상대로 개발할 제품이기에 모든 희망을 걸었으며, 잠자코 동물의 표피에 어떤 반응이 일어나는지 줄곧 지켜보아야 했다. 돼지의 가죽이, 콜라겐이 가득한 단백질 성분의 피부가 전혀 녹아들지 않고, 올라오는 피부 트러블을 없애는 데 크게 한몫하자 노아는 연구에 총력을 기울이고 있었다.

피부 트러블은 피부의 한 가지 원인이 아닌 신체에서 오는 여러 가지 신체 내분비계 이상으로부터 오며 복합적인 것이 원인이었다. 사춘기 남자 호르몬이 과잉으로 분비되어 표출하지 못하고 쌓이고 쌓여 피지선의 분비가 왕성해 모낭을 막아 피부 트러블을 일으키는 내부의 고체화, 즉 딱딱해진 피부가 형성되어 모낭 내에 존재해 있는 박테리아가 계속해서 번져 여드름을 만들어 내 피부의 이상 변화를 일으켰다. 피부의 내분비계 트러블은 가족의 유전도 있었지만, 박테리아의 생식이 끊임없이 진행되어 한 번 여드름이 일어나기 시작하면 치료하기 힘든 수준의 화농성 여드름으로 번져 갔다.

여드름 치료제는 한 번 사용하면 끊기 힘들 정도로 장기적으로 사용해야 하기에 임상 실험을 거쳐 치료제를 만들기에는 어려움이 큰 편이었다. 그리하여 사람의 표피와 비슷한 돼지의 가죽으로 실험을 거쳤으나, 여드름의 근본적인 증상은 모낭 속에 고여 딱딱해지고 거칠어진 피부이며 여드름으로 진행된 피부의 멜라닌 색소가 침착되어 검은 색깔을 띄우기에 노아는 이것을 달 표면이 개방 면포 되어 울퉁불퉁하고 검은색을 띄우는 것과 비슷하다고 하여 달의 표피라고 불렀으며 치료제를 끊임없이 연구하고 있었다. 이것을 바르는 약만이 아닌 복용할 수 있는 약과 외과적 치료에 쓰일 수 있는 연고로 개발했다. 여드름을 생성하는 박테리아균에 직접 살포해 피지 배출이 잘 되도록 하여 모낭 안에 박테리아균이 서식하지 못하게 막는 역할과 세균의 살균 효과를 유지시킬 수 있는 피부 트러블 전용 연고로, 항생제를 무리하게 사용하지 않고 자연적인 물질을 희석해 가며 만들었다. 피부의 부작용을 최대한 줄이고 모낭에 막혀 있는 기름샘들을 파괴해 모공을 깨끗하게 만드는 바르는 약의 피부 흡수를 증가시켜 약의 효능을 높여 줬으며 멜라닌 색소가 침착되어 빛에 반응하지 않는 죽은 표피를 재생시키는 화학 박피제를 만들어 재생되지 않은 죽은 피부를 아세트산을 이용해 흉터의 깊이에 따라 용액의 양을 일정 소량으로 추가해 깊은 흉터를 치료하는 방법을 연구하고 있었다.

노아는 지속되는 피부의 따끔거림으로 인해 더 이상 고통을 참을 수 없자 양손에 끼고 있던 라텍스 장갑을 아무렇게나 뒤집어 벗어던지고는 정수기가 놓여 있는 탕비실로 부리나케 달리기 시작했다. 따끔거리는 고통으로 인해 정신이 혼미해지자 플라스틱 수도꼭지의 방향을 재빨리 오른쪽으로 틀었다.

거센 물줄기가 사방으로 튀어 입고 있던 연구복이 물로 천천히 젖어 들었다. 눈을 감고 양손으로 같은 동작을 반복하여 연거푸 세수를 했다. 피부와 흐르는 차가운 물이 마찰을 일으키자 올라오는 뜨거운 열감이 조금씩 가시는 듯 안도의 숨을 내쉬었다. 실험 중이던 산화수소 성분 때문인지 약이 튄 부분 볼 가운데가 빨갛게 달아오르며 피부가 움푹 패어 있었다. 유기물의 시약이 얼굴에 튀었을 것이라고는 전혀 예기치 못한 일이었다. 마치 달의 표면과 같이 울퉁불퉁해진 얼굴을 거울로 들여다보자 한동안 피부로 인해 꽤 고생을 할 거라는 예감이 들었다. 외모에 한참이나 민감했기에 노아는 자연스레 눈가에 고이는 눈물을 멈출 수가 없었다. 이런 예기치 못한 사고들을 두고 많은 시행을 거쳐 완벽한 치료 약이 탄생하기 전까지 완성되지 않은 시약이 시판에 나갈 수 없다는 것을 다시 한번 상기했다.

총 5년이란 시간 동안 연구실에 몸을 담고 있는 현재. 유기물들을 완벽하게 다룬다고 생각했지만, 부주의로 인해 피부에 괴사가 일어난 것은 처음 겪는 일이었다.

노력하지 않으면 찾아낼 수 없는 연구물들을 꾸준히 연구해 결과물을 얻어 내야 하는 것은 세상에 존재하는 많은 사람을 위해서였다. 세상은 빠르게 흘러갔으며 많은 사회인의 사회생활을 하며 마주하는 새로운 질병들과 몸으로 전해지는 자연스러운 생리현상으로 오는 외모적인 콤플렉스와 스트레스를 최대한 줄여 주고자 이 연구를 시작했다. 치료제가 개발되어서 외모로부터 오는 콤플렉스를 잊고 더욱 더 사회적이고 생산적인 일에 헌신하는 것이 모든 사람이 생각하는 공통적인 목표였다. 어느 누구든 자신의 분야에서 희생을 감내하고 일해야 다른 타 분야에 있던 사람들 또한 자신의 분야만을 고집해 한층 더 나아가게 할 수 있다. 그 모든 것이 풍력을 더해 바람을 세차게 일으켜 나라를 발전시키는 일이었다. 그리고 가정을 이루어 자신의 자식이 겪는 불편함과 비정상적인 장애를 치료해 웃음을 가져다주는 일에도 사실은 연구소가 만들어 내는 많은 치료제가 한몫할 터였다. 자식을 위해서 모든 희생을 감내하는 어머니들과 가정을 끔찍이 아끼는 가부장적인 아버지. 지구 내에서 가족의 행복과 미래를 지키기 위해 이런 작은 상처를 감내하고도 연구를 계속해야만 하는 것이 현실이었다.

노아는 흔들렸던 마음을 다시 굳게 잡고는 연구실 자리에 돌아왔다. 자신의 책상 위 수소의 시약이 연신 파-바박 튀어 오른 듯 미세하게 퍼져 있는 액체들과 유기물들을 하얀색 마른 손수건을 가져와 말끔히 닦기 시작했다. 반드시 오늘 안에 연구를 해내겠다고 한 가지에 몰입하고 있을 때는 몰랐던 것들이 눈에 선하게 들어왔다. 피부에 올라오는 가려움으로 인해 무의식 속에 피부를 연속적으로 긁어내자 부스럼이 천천히 일어나기 시작했다. 이것이 자신의 부주의 때문에 일어난 일이기에 가슴속으로 치밀어 오르는 속상함을 누구에게 하소연할 수도, 탓할 수도 없었다. 자신과 비슷하게 연구실에 들어와 알 수 없는 선의의 경쟁심을 갖게 된 모범적인 여자 연구원 지미와 베네딕트 박사의 완벽하고도 이타적인 파트너 케이티 선배가 있지만, 나이가 지긋하게 드셔 별로 말이 없으신 베네딕트 박사의 위압감과 엄격한 권력으로 인해 같은 한 공간에 있어도 서로가 거리를 유지할 수밖에 없었으며 자신의 권리를 찾기 위해서는 오직 연구의 결과물로만 소통할 수 있었다.

호락호락하지 않은 연구실 안, 제대로 된 연구 하나도 못 하는 결과 없는 연구 자료는 쓰레기통으로 처박히고, 반드시 이곳에서 퇴출당해야 한다며 버럭 화를 내시는 베네딕트의 불같은 화를 맞받아칠 수 있는 사람은 당돌하고도 앙칼진 케이티 선배뿐이었다. 자신도 언젠가 이곳에서 많은 경력을 보낸다면 저렇게 선배처럼 박사님 앞에서 흐트러짐 없이 당당해질 수 있을까, 언제 그런 날이 다가올지 싶으면서도 각자가 언어의 선택이 잘못되어 서로의 기분을 상하게 하고 서로의 자존심을 건드리는 것만큼은 이곳에서 걱정하지 않아도 될 일이라고 생각했다. 꾸준한 연구를 통해 얻는 제품이 제약시장으로 나아가 큰 사업을 일으킨다면 그것은 어떤 누구라도 빠져들 수밖에 없는, 그 누구도 헤어 나올 출구를 영영 찾을 수 없는 블랙홀 같은 자부심을 느끼게 된다. 그러므로 애착을 갖고 시작한 달의 행성에서 얻은 유기물들이 자신의 애정과 열정으로 인해 치료제로 탄생하는 날을 생각하며 노아는 얄팍한 근심거리들을 필터로 걸러 낸 시원한 아리수 물 한 잔으로 완벽하고 깨끗이 잊어버렸다. 이런 단순함이 가져다주는 행복이 노아는 자신의 가장 큰 장점이 아닌가 생각했다. 베네딕트 박사가 얻은 명성의 길과 자신도 똑같은 길을 걷고 있음을 믿어 의심치 않았다.

5. NASA

[NASA 연구소 사무실]

무슨 일인지 NASA와 지속적으로 통신이 되던 우주탐사선 말틴 1호의 위치를 파악하기 어려워졌다. 앤드로이 박사는 급히 NASA의 간부급 위원들을 모두 소집해 회의를 개최했다. 많은 이들의 대화가 순차적으로 오가고 NASA가 내린 최종 결론은 달의 행성과 가까워져 우주탐사선이 살얼음판을 날고 있을 거라는 예측이었다. 기계가 오작동 되었거나 누군가의 고의적인 폭파로 인해 인공위성이 격추되었을 것이라고 대강 어림잡기에는 큰 손해가 뒤따랐다.

회의의 상황을 영상으로 NASA 사무실에 있는 모든 연구원들이 실시간으로 보고 있었으며 심각성을 느낀 NASA의 연구원들이 우주탐사선에 오른 네 명을 걱정하기 시작했다. 안타깝고 씁쓸하여 혀를 차는 소리가 회의실까지 전달되는 듯했다. 그러나 섣부른 판단과 결정으로 인해 아직 행성을 떠돌고 있는 그들을 포기할 수는 없기에 말틴 1호 탐사선에 오른 4인을 배제한 체 또 다른 말틴 2호의 새로운 우주 탐사선을 쏘아 올리자는 의견이 분분했으며, 경제적인 타격과 손실을 감안해 목성까지 도달하는 데 드는 유류 비용을 줄이기 위해 직통으로 수입해 오는 석유가 차고 넘치는 인도에서 큰 투자자들을 찾기 시작했다. 그러나 이미 그 누군가의 장난으로 인해 우주탐사선이 격추되었다면 말틴 2호를 바로 쏘아 올려도 그것마저도 격추되는 것은 시간문제였다. 하지만 많은 가설을 내세워 위험성이 따른다는 이유로 두 손 두 발을 다 들고 아무것도 하지 않은 채 넋 놓고 기다릴 수만은 없는 게 현실이었으며 모든 것을 감내하고도 추진하는 것이 NASA의 임무였다.

지구에서의 365일, 1년이라는 시간은 우주에서 30일로 335일이 차이가 나는 긴 시간이므로 탐사선을 다시 쏘아 올리자는 많은 박사들의 공통된 의견이 뒤따랐다. 그러나 우주탐사선 말틴 1호가 발사된지 얼마 지나지 않아 암묵적으로 말틴 2호를 바로 쏘아 올릴 경우 많은 사람의 비탄을 받을 수밖에 없었다.

결정이 좀처럼 나지 않는 회의실, 많은 사람이 각기 다른 의견들이 모여 야단법석을 떠는 일이라며 서로가 꾸짖고 얻은 허망한 결과에 억하심정을 감추지 못했다. 앤드로이 박사가 이대로는 안 되겠다며 최종 결론을 내렸다.

"우주탐사선 궤도에 진입해 있는 45번에서 47번의 인공위성에 문제가 생긴 것이 확실합니다."

"추측은 아니시죠?"

"추측이 아닙니다. 제가 여태 경험한 모든 것을 비추어 볼 때 우주 탐사선에는 문제가 없는 것이 확실하며 문제가 없을 겁니다. 또한 한정되어 있는 비상식량을 보존하기 위해 탐사선에 오른 4인은 공통된 의견으로 동면에 든 상태일 겁니다."

앤드로이 박사의 말에 많은 위원회원들이 고개를 끄덕거렸다. 박사가 여태껏 쌓아 온 많은 내공과 경력을 무시할 수는 없었다.

"동면이요?"

"네."

"정확히 말해 그들이 겨울잠을 자고 있다는 거요? 그럼 그들이 살아 있다고 주장하는 거죠?"

"맞습니다."

앤드로이 박사가 또 다른 젊은 박사의 말에 맞다며 헛기침을 두어 번 하고는 입술을 굳게 다물었다.

"어떠한 시스템으로 구축되어 있는지 설명해 주실 수 있나요?"

"간단히 말해 하이버네이션 캡슐이라는 과학적인 원리로 만들어진 저온 냉장고에 들어가는 겁니다. 그것은 임사 체험을 하는 것과 같이 초저온에서도 살아갈 수 있는 인간 몸에 최적의 조건을 갖춘 과학 장치로 목성이라는 목적지까지 도착하기 전 이들이 신체의 에너지를 빼앗기지 않기 위해 잠들어 있는 상태를 유지시켜 줍니다. 잠들어 있는 순간에는 그들과 개인적인 통신을 연결할 수 없으며 연결한다는 것도 말이 안 되는 논리지요."

"누가 그들과 통신을 하려고 연결을 시도했었나요?"

"시도한 흔적은 찾아볼 수 없습니다만, 동면에 들어가 있는 4인과는 통신의 연결이 불가능합니다."

"그럼 문제 될 것이 없겠네요."

"저도 그렇게 생각하기에 많은 위원회원들이 놀라실까 봐 급히 위원회를 소집해 회의를 연 것입니다. 또한 NASA에 존재해 있는 연구원들 전부도 알아야 하는 사실이지요."

"그럼 말틴 1호에 오른 그들과 통신이 될 때까지 NASA는 손을 놓고 가만히 기다려야 하는 겁니까?"

"당연히 기다려야 합니다. NASA가 쏘아 올린 우주탐사선에 올라탄 조종사 아티커스와 부조종사 펠틱은 전 세계 존재하는 다른 조종사에 뒤처지지 않는 최고의 베테랑입니다."

"잠시 제가 하는 말씀을 주목해 주세요. 오히려 그들과 개인적으로 통신을 시도하려는 것은 NASA의 엄격한 기밀을 몰래 가져가려는 의도로밖에 볼 수 없습니다."

NASA의 모든 통신기기와 전기를 담당하는 위원이 나서 말했다. 그러자 한 위원이 놀란 듯 떡 벌어진 입을 말했다.

"늙은 우리보다 젊은이들의 명이 더 길다는 것은 우리 모두 전부가 알고 있는 사실입니다. 조급해하지 마시고 그들이 동면에서 깨어나는 그 순간까지 그들을 전적으로 믿고 기다리시면 될 것 같습니다."

"그럼 다른 조치를 할 필요가 없겠군요."

"네, 맞습니다."

불필요한 방안과 잘못된 조치는 필요 없다는 결론에 이르려 할 때쯤 누군가 지긋이 입을 열었다.

"그들과 이른 시일 내에 통신이 됐으면 하고 좋은 뜻으로 기도하겠습니다. 물론 이것은 제 개인적인 의견입니다."

천주교를 독실하게 믿는 수염을 지긋하게 기른 회원이 양쪽의 눈을 지그시 감고 두 손을 모아 기도를 올리는 주문을 속삭였다. 그러자 그 자리에 있던 많은 회원의 짧은 묵례가 시작되고 모두가 함께 자신이 앉은 자리에서 일어났다.

회원들의 회의가 끝나고 어수선해진 NASA의 연구실. 앤드로이 박사는 휴식을 취할 겸 조용히 있고 싶은 마음에 홀로 또 다른 강당으로 발걸음을 돌렸다. 강당에 놓여 있는 넓고 큰 칠판, 오른손에 하얀 분필을 가볍게 쥐고는 1번부터 120번까지 존재하는 인공위성의 궤도를 오른쪽 방향으로 천천히 그리기 시작했다. 말틴 1호가 어디쯤 위치해 있을지, 중력과의 시간적 계산을 통해 파란색 분필로 이분법적인 계산을 하며 미세한 점을 따라 그려 나가기 시작했다. 우주탐사선에는 문제가 없을지, 자신이 갖고 있던 인공위성의 위치를 우주탐사선이 자동비행 모드로 정해 놓은 궤도를 타고 가다 충돌할 수 있는지 그 모든 것을 고려하며 계산해 나가기 시작했다. 신의 손놀림처럼 모든 것들을 빠르게 계산해 가며 스스로 얻은 해답이 큐브의 색이 모두 제자리에 있는 듯 딱딱 맞아 떨어지자 앤드로이 박사는 자신도 모르게 기쁨의 탄성을 내질렀다.

"오, 주여."

아무도 없는 작은 강당 안, 인공위성의 연속적인 격추의 배후에 누가 존재하는지, 누가 그런 어마 무시한 짓을 저질렀을까 하는 의구심을 품기 시작해 칠판에 그려져 있는 48번부터의 인공위성이 궤도 행성에 존재해 있는 120번의 인공위성까지 도달하는 거리 그리고 목성까지 도달하는 데 걸리는 시간을 풀어낸 박사는 넓은 칠판에 적혀 있는 모든 것들을 하얀 종이 위에 빠르게 옮겨 그리기 시작했다. 그리고 이 모든 것을 자신만 알고 있는 비밀로 간직하기로 했다.

6. 불멸화 세포

여자의 평균 키가 165cm를 웃도는 정도라면 지미는 키가 150cm 도 채 안 되는 작은 체구를 갖고 있다.

아담한 체형 덕분인지 넓은 연구소 안에서 지미의 이름이 불리는 불상사는 피할 수 있게 되었다. 불멸화 세포 연구가 완성되어 간다는 이야기를 옆 연구실의 직원을 통해 익히 들었지만 불멸화 세포의 샘플을 전달받아 연구를 해 본 적은 이번이 처음이었다. 베네딕트 박사가 데리고 있는 수많은 쥐로는 실험을 연구하는 데 있어서 큰 만족감을 얻지 못했다. 나른한 주말, 지미는 파충류 전문가 땅꾼과 함께 공기가 좋은 산으로 가 파충류들을 포획하기로 결심했다. 모든 세포의 연구대상은 동물이자 포유류였지만 연구 사무실의 엄격한 규정이 정해져 있지 않았기에 지미는 남들이 징그러워하고 혐오스러워해 함부로 범접할 수 없는 도마뱀과에 속하는 파충류를 대상으로 이 실험을 지속하기로 했다. 베네딕트 박사의 연구를 다 같이 관찰할 때가 있었는데 매번 실험을 당한 쥐의 마지막 죽음은 팔다리가 천천히 굳어지며 변형되고 결국 마비되어 죽는 현상이 동일해 뻔하디뻔한 연구 결과를 가져다주었다. 매번 같은 참담한 결과를 보며 팔과 다리가 전부 퇴화되어 결코 죽음을 앞에 두고 사지 마비를 겪지 않아도 되는 파충류가 참 좋은 실험체라고 생각했다.

파충류 중 머리와 꼬리가 길게 존재하는 뱀은 엄청난 유연성을 가지고 있어 시시한 연구 결과를 가져다줄 것이란 생각은 하지 않았다. 또한 불멸화 세포를 묽게 한 바이러스를 쥐에게 주입한 이후 쥐의 몸에서는 뜨거운 열감이 지속되어 열병을 앓고 있었다. 그러나 뱀은 피트 기관이 존재해 열을 감지하고 이에 대응하는 능력이 일반 포유류에 속한 동물보다 월등히 뛰어났기에 이것은 정말 획기적인 아이디어이며 남들은 상상조차 할 수 없는 실험체라 생각했다. 쥐는 먹이사슬에서 하위권에 존재해 사람이 직접적인 주사로 사살을 시키지 않아도 가끔 사람에게 알 수 없는 편리함을 가져다주었다. 집 내부 엄지손가락만하게 큰 바퀴벌레가 지나갈 때면 바퀴벌레를 직접 죽이지 않고 쥐에게 가져다주면 쫄쫄 굶었던 탓인지 쥐는 바퀴벌레를 맛있게 먹어 치웠다.

생존력이 강해 다른 곤충에 비해 강한 살충제로도 죽지 않는, 죽고 난 이후에도 알을 까는 바퀴벌레는 사람이 살고 있는 갈라진 벽 사이나 열려 있는 문틈, 주로 하수구로 이동해 주인이 있는 집에 몰래 서식하며 번식하기 바빴다. 그런 바퀴벌레를 포식하듯 잡을 수 있는 동물은 쥐가 유일했다. 하지만 이런 쥐도 뱀에게는 이빨을 사용하지 않고도 한 번에 통째로 빠르게 삼킬 수 있는 먹잇감에 불과했으며, 뱀은 먹이사슬에서 상권에 위치해 있어 화학적인 물질에 강하고 빠르게 대응해 사람이 포획하지 않는 이상 영원히 존재할 것이라고 생각했다. 인간이 뱀에게 먹힐 수도 있다는 위험천만한 생각은 옛날부터 존재해 왔던 것이 사실이었다. 사람뿐만이 아닌 사람보다 덜 진화된 원숭이도 뱀을 보면 나뭇가지를 주워 호기심에 건드리거나 쫓아내려다 물린다는 것은 뱀을 보면 자연스레 기피하게 만드는 신념과 현상을 만들어 내었다. 그것은 나를 언제 해칠지 모른다는 어마 무시한 공포감을 가져다주었다.

파충류의 실험이야말로 불멸화 세포, 즉 영원히 죽지 않는 세포라하여 영원히 죽지 않는 뱀을 만들어 낸다는 것과 일맥상통한다는 것이 뱀을 연구실험 대상으로 하고자 하는 지미의 바람을 더욱 간절하게 했다.

한 가지에 몰두하면 그것에만 관심을 갖고 다른 모든 것에 무관심해지는 지미의 성격 특성상 자신에게 제일 커다란 행복을 가져다주는 일이 무엇인지 생각해 보았다. 그러다 지미는 비행기를 타면 날 수 있는 간단한 문제를 사람은 날개가 없어 날 수 없다고 생각하고 단정 지어버리는, 우물 안에 갇혀 그 이상의 것을 이루어 낼 수 없다고 생각하는 나이만 먹은 어른들을 도통 이해할 수 없다는 생각이 들었다.

어릴 적 지미의 어머니는 한 손에 딱 들어오는 포켓 크기의 책을 가지고 와 침대맡에 누워 있는 지미에게 책의 내용을 천천히 읊어 주었다. 그것은 한글도 완전하게 깨우치기 전 7살인 지미가 전혀 알아볼 수 없는 문자들로 가득 한 책이었다. 왜 그 영어책을 자신의 어머니가 끝까지 설명하려 했던 것인지 지금 생각해 보니 젊은 자신에게 생각하는 것에는 한계가 없다는 것을 일깨워 주기 위한 좋은 추억이자 엄마의 따뜻한 그리움이었다. 그 책을 같이 보며 이야기꽃을 피우고 도란도란 대화를 나눴던 어린 시절의 기억이 지금 자신을 이 자리에 있게 만든 근본은 아니었을까 싶었다.

책 첫 장에는 알 수 없는 기괴한 그림이 그려져 있었다. 그 그림을 처음 보고 이 그림이 무엇인지 맞춰 보라고 했던 기억이 떠올랐다. 지미는 그 그림을 보고 찰흙이라고 대답했다. 왜 찰흙이라고 대답했는지는 그때 어린아이의 눈에는 찰흙으로는 뭐든지 만들 수 있다고 생각해 그저 찰흙이라고 대답했던 것 같다. 그러나 지미의 엄마는 이 그림은 모자라고 답했다. 지미가 도통 이해할 수 없다는 제스처를 취하자 엄마는 안방 행거에 가지런히 걸려 있던 아버지의 모자를 하나 가져와 책 속에 있는 그림과 비교해 보며 모자와 그림이 똑같다는 것을 인지시켜 주었다.

한동안 그 그림을 잊지 못해 스케치북에 아버지의 모자 그림을 따라 그렸던 기억이 어렴풋이 생각났다. 그러나 엄마는 며칠 후 그것은 모자가 아니라고 답했다. 사실 그것은 모자가 아니며 코끼리를 먹은 보아 뱀이라고 말했다. 전혀 이해할 수 없던 엄마의 진정성 없는 이야기에 고개를 갸우뚱하자 엄마는 스케치북에 그림을 그리기 시작했다. 그 그림은 보아 뱀이 삼킨 코끼리의 형상을 그려 넣었으며 그림에 색을 입히자 이해가 되기 시작했다. 팔다리가 없는 노란색의 비늘을 가진 보아 뱀이 이빨을 사용하지 않고 입을 크게 벌려 동물 중 제일 덩치가 큰 코끼리를 한 번에 삼켜 아무것도 못 하게 가둬 둔다는 것은 어린 그때 자신에게 덩치가 큰 사람들 상대하기 위해서는 한 번에 삼켜버려야 한다는 인식을 가져다주었다. 그 그림이 무슨 그림이냐고 엄마가 몇 번이고 되물을 때는 덩치 큰 코끼리를 한 번에 삼킨 보아 뱀이라고 정해져 있는 정답을 말해야 엄마가 만족을 하던 모습이 떠올랐다.

엄마는 아버지를 많이 그리워하는 듯했다. 엄마가 보여 준 첫 면의 그림과 아버지의 모자가 정말 똑같다는 것을 보고 아버지의 존재에 대해 떠올려 보았다. 그때 엄마의 표정에는 알 수 없는, 숨길 수 없는 슬픈 그리움이 드러나 있었다. 그리고 엄마는 지미에게 말했다. 처음 너가 그림을 보고 말했던 찰흙처럼 뭐든지 다양하게 만들어 낼 수 있는 연구가가 되라며 항상 옆에서 응원해 주셨다. 그날 이후로 지미는 기분과 분위기에 따라 자유자재로 색깔을 바꿔 자신을 보호하는 카멜레온처럼 살기로 결심했다. 하늘을 날 수 있는 날개가 달려 있지는 않지만, 돈을 많이 벌어 경제적인 어려움에 부대끼지 않게 엄마와 함께 비행기를 타고 어떤 나라든 여행할 수 있는 멋진 여자가 될 것이라고 매일 같이 비행기 타는 꿈을 꾸며 잠들곤 했다. 어릴 적 엄마가 바라던 연구원의 꿈이 지금 지미를 연구소에 있게 만든 근본적인 원인이었다. 연구소에서 하는 일이 힘든 것보다 연구소의 빈약한 환경이 자신을 그리고 모든 사람을 지치게 만들었다.

더운 여름 푹푹 찌는 날씨, 에어컨도 없이 구닥다리 선풍기의 프로펠러만 요란하게 돌아갔다. 사무실 내부에서는 일체형으로 만들어진 연구복을 입고 있으면 온몸에 땀이 송글송글 맺히기 시작해 연구복 안에 입고 있던 면티가 젖어 들었다. 안에 껴입은 면티가 모든 땀을 흡수해 시간이 지나자 젖은 땀 냄새로 서로가 서로를 불편하게 만들었다. 단체 생활은 사소한 불편한 것들을 너그러이 이해해야 하는 그런 것이었다. 가끔 연구를 하다 해결할 수 없는 사회의 문제와 뛰어넘을 수 없는 난관에 봉착하게 되면 그때는 조용히 케이티 선배를 찾아가 말 못 할 사정이 있는 듯 뻘줌히 선배를 쳐다보았던 사회 초년생의 시절이 떠올랐다. 케이티 선배는 다른 사람들이 보는 앞에서 지미를 교육하는 것을 포기한 채 조용히 연구실 밖에 있는 한적한 카페로 데려가 커피를 맛보게 해 주었다. 그때 한 모금 들이켰던 커피로 인생이 달콤하다는 것을 알기 전까진 한 번도 커피가 달다고 생각해 보지 않았다. 그러나 커피에서 설탕을 온전히 제외하고도 원두의 진하고 그윽한 향이 인생에서 달콤함이 어떤 것이 알려 주었다.

에스프레소를 한 번에 들이켜던 케이티 선배는 말했다.

"모든 연구에는 원인과 결과가 따르지만, 아무리 한 치의 앞을 내다보아도 세상을 바꾸는 데에는 한계가 있어. 예를 들어 전쟁은 언제든지 일어날 수 있으며 전쟁을 막기 위한 결과물을 탄생하는 것의 첫 번째가 NASA가 하는 핵 연구이고, NASA에서 얻어 온 유기물들로 연구하는 것이 우리가 해야 할 필수적인 일이며 연구로 인해 얻어진 세포와 바이러스의 결과물이 다른 나라를 정복시키는 권력을 가지게 한다. 이 모든 것을 위해서는 천재적인 두뇌는 기본 바탕이 되어야만 하며 천재적인 재능이 없이는 이 연구소에 발길조차 들일 수 없다.”

딱딱한 어조로 말했지만, 이 모든 말 한 마디 한 마디에 진정성이 담겨 있자 지미는 귀를 쫑긋 세워 귀담아듣고는 선배와 마시는 커피의 고유 향과 시공간적인 매력을 느끼는 데 빠져들었다. 마치 아무나 쉽게 들어오지 못한 공간에 들어온 것처럼 숨겨져 있던 케이티 선배의 굳게 잠겨 있던 마음의 문을 열어 언제라도 난관에 부딪힐 때 아무도 올 수 없는 이 공간에 비집고 들어와 휴식을 취하는 것을 허락받은 것 같았다. 지미는 사실 비슷한 또래의 노아와 같은 공간에 있으면서도 좀처럼 친해질 기미가 보이지 않았다. 함께한 시간이 지날수록 연구를 하다 얻어 낸 결과물을 시시때때로 궁금해하며 한꺼번에 무수히 쏟아지는 질문들에 일일이 대답을 해 줄 필요가 없음을 느꼈다. 그녀가 원하는 궁금증은 연구에 몰두해 예민해져 있는 지미를 항상 귀찮게 만들었으며 그녀가 원하는 대답을 들려주기에는 모든 박사가 원하고 있는 그럴싸한 결과물이 있고 난 이후여야만 했다.

위선적인 물음과 가식적인 대답. 궁금해하는 그 모든 것들에 대한 사실적인 대답을 원하는 대로 한꺼번에 이야기 보따리를 풀어 놓는다면 그녀는 포장지로 거대하게 둘러싸듯 위선적인 거짓말로 꾸며 둘러댈 것이 분명했다.

밝은 표정 뒤에 존재하는 불완전한 무의식에서 나타난 악마의 의

식에 먹힌 영혼은 사람을 정말 거무튀튀한 먹색으로 물들였다. 먹색으로 물들어 버린 뇌의 의식은 두 눈을 멀게 해 앞을 캄캄하게 만들었다. 동물의 세계에서도 천적 관계가 존재하듯 사람과 사람의 관계에 있어서도 완벽한 평형이 이루어져야 했다. 직접적이든 간접적이든 관계를 깊게 가져서도 안 되며 서로에 대한 이해도 필요했다.

포식자와 기생자와의 관계란, 포식자는 자신보다 연약한 동물을 섭취해 한 단계씩 올라가고 기생자는 다른 동물의 몸에 기생해 모기처럼 피를 빨아먹으며 영양을 섭취하는 악어와 악어새 같은 존재가 된다면 금상첨화겠지만, 포식자의 몸에 기생자가 나타나면서 반대로 포식자를 죽게 만드는 것은 모든 연구실에서 개발한 바이러스 즉, 병원의 미생물이 원인이었다.

사람들은 모두 각자만의 인생이 존재하듯 평범한 일상과 삶을 살기 원한다면 그것은 나 홀로 바다 근처로 가 조용하고 잔잔한 파도가 주는 파도의 일렁임과 바람을 타고 오는 짠 내음을 마음껏 향유하는 것이었다. 파도가 주는 일렁임에 빠져 바람과 함께 유랑자가 된다면 그것은 그 누구도 찾을 수 없는 어두운 공간에도 갇힐 수 있는 것이지만, 그 누구와도 친구 할 수 없는 상황이 된다면 그건 우주행성 어딘가부터 얻어 온 외계 물체와 이성적인 친구가 되며 연구와 사랑에 빠질 수밖에 없었다. 연구를 하는 도중 행성에서 가져온 의문의 외계 물체와 친구가 되기도 하며 다리가 네 개 달린 척추가 없는, 눈으로는 감별할 수 없는 미세한 물체를 만나기도 한다.

현미경으로만 볼 수 있는 아구아를 작은 유리병에 담아 비밀리에 집으로 데려왔다. 아구아는 지구에서 한참이나 멀리, 수천 마일 떨어진 아무나 여행할 수 없는 행성에서 왔기에 소중히 다뤄야만 했다. 몸의 중량이 전혀 없는 아구아에게 나뭇잎을 건네주자 조금씩 갉아 먹기 시작했다. 이후 배가 부른 듯 배를 보이며 벌러덩 누워 있는 모습이 귀엽게만 느껴졌다. 연구소에서 불멸화 세포를 다루는 바이러스 연구에만 몰두하다 집에 돌아와 현미경으로 아구아를 바라보기만 해도 일 적인 스트레스에서 해방감을 얻는 것 같았다. 아구아를 기르는 동안 번식이 가능한 연체동물인지는 파악하지 못했지만 만일 아구아가 성별이 나뉘어 있어 번식이 가능해 개체수가 늘어난다면 그것으로 우주행성과 지구행성의 벽을 허물 수 있을 것이라는 독특한 발상이 떠올랐다.

답답한 연구실의 공간에서 실험하는 것이 아닌 자신의 단칸방, 오로지 혼자 있는 공간에서 이루어지는 연구는 지미의 흥미를 유발했으며 실험이 끝난 아구아와 대화를 가지는 시간은 즐거웠다. 사람을 면전에 두고 이야기를 길게 나열해 꼬리에서 꼬리를 무는 피곤해지는 대화 방식이 아닌 사소한 일까지 그저 묵묵히 들어 주는 아구아의 역할은 그날그날 있었던 수많은 일을 남들이 열어 볼 수 없는 비밀의 일기처럼 마음속에 고이 간직해 주었다.

시간이 지남에 따라 아구아를 데리고 실험을 하는 것은 가장 가까이에 있는 친구를 가둬 두고 실험하는 것만 같아 한동안 먹이를 주는 일 외에 특별한 실험을 진행하지 않았다. 중량이 거의 없는 외계 물체인 아구아를 대신해 중량이 꽤 나가는 척추가 없는 연체동물인 파충류를 데리고 실험을 계속하기로 마음을 굳게 잡았다.

모두가 퇴근한 시점. 조용한 연구소의 개인 냉장고에 보관되어 있는 불멸화 세포의 바이러스 샘플을 비밀리에 집으로 가져왔다. 회사의 규정에 어긋난다는 것은 분명히 인지한 사실이지만 연구실 내 복도에서 연구원들이 왔다 갔다 하는 바쁜 걸음 소리와 가끔 있는 노아의 번거로운 도움 요청에 연구에 몰입하기 굉장히 힘들었으며, 시간에 쫓겨 바이러스 세포를 급하게 다루는 일은 가급적 피하려고 했다. 상쾌한 아침 연구소에 도착해 처음부터 모든 일을 서두르다 보면 모든 실험이 꼬여 버리기 일쑤였다. 베네딕트 박사가 달력에 표기한 정해진 날짜까지 그에 적합하고 걸맞은 바이러스 샘플을 내놓지 못한다면 그에 대한 모든 책임의 대가는 모두 지미가 책임져야 할 몫이었다.

어느 순간부터인가 퇴근하는 길에 자신을 미행하는 듯한 으슥한 발걸음이 느껴졌다. 알 수 없는 검은 물체가 바로 뒤를 붙어 올 때면 습관적으로 자주 뒤를 돌아보곤 했다. 왼쪽 손등에 심은 마이크로칩이 문제인지 어디를 가도 항상 비슷한 느낌의 분위기를 물씬 풍겨 오는 알 수 없는 집단들이 자신을 둘러싸고 있는 듯했다. 이동 반경이 그리 넓지 않은 자신을 누군가 납치해 가지는 않을까 무서움도 잠시 가방에 있는 불멸화 세포의 샘플이 혹여나 알 수 없는 그들 손에 들어가게 될까 걱정되었다. 위험한 상황에 처할수록 지인에게 연락해 도움을 요청하고 싶어지기도 하며 누군가에게 위로를 받고 싶어졌다. 그러나 사실상 연구하고 있는 모든 자료는 정부가 정해 놓은 기밀사항이기에 새로 사귄 친구든 먼 이웃이든 허심탄회하게 털어놓을 일은 결코 없을 터였다.

마이크로칩을 심은 이후 더욱 심해진 누군가의 스토킹에 별다른 조치를 취할 수 없다는 것이 서러울 뿐이었다. 케이티 선배만은 이런 사소해 보이지만 크나큰 변화들을 분명 알고 있을 터였다. 집에 이르러 다급한 손놀림으로 비밀번호를 빠르게 누르고 집 안으로 들어왔다. 누군가 문을 억지로 따고 들어올 수 있다는 가능성을 염두에 두고 빠른 손놀림으로 문을 잠금 표시로 바꿔 두었다.

문고리 위에 붙어 있는 이중 잠금장치를 걸었다. 불안장애를 겪는다는 것은 몸이 알 수 없는 공포감으로 채워지는 것과 같다. 정서적인 부분에서 뇌의 기능적 변화와 구조적 변화를 포함해 현재의 상황으로 갑작스레 가슴의 답답함으로 느껴졌다. 불편함이 최고조에 이르러 죽을 것 같은 두려움이 한 번에 휘몰아쳐 아무도 없는 나만의 안락한 집안에서도 공황장애가 일어났다. 마땅한 조치를 취하지 않는 상황에서 불멸화 세포의 바이러스가 이 세상에 퍼진다면, 그것은 지구에 존재해 있는 인구 절반 이상이 급격히 줄어들 수 있는 바이러스가 퍼지는 아주 위험한 일이다. 베네딕트 박사의 손에 희석시킨 불멸화 세포의 샘플이 쥐어지는 순간 이 세상에 바이러스가 알려지는 것은 시간문제였다. 〈죽지 않는 세포〉라는 제목으로 신문 1면에 대문짝만하게 기사가 실릴 수도 있는 나라의 중대한 사항이자 문제의 재앙이 시작되는 것이며, 성인 피부에서 나올 법한 굳어진 화농성 여드름보다 지독한 탄저병이 이 세상에 태어나는 것이다. 처음 일어나는 피부의 가벼운 이상 증상에 사람들은 단순한 피부 알레르기라고 생각할 수 있지만, 이것은 피부의 박테리아 세균이 영영 죽지 않아 시간이 흐를수록 얼굴에 검은 반점이 생기고 색소 침착이 시작되며 온몸에 달의 표면처럼 부스럼이 생기면서 각질이 일고 천천히 썩어 들어가 피부가 돌연 괴사하는 무시무시한 질병이다.

지미는 땅꾼에게 건네받은 비교적 순해 보이는 검은색, 주황색 동그란 반점 무늬들이 규칙적으로 배열된 작고 얇은 뱀 한 마리를 그물망에서 꺼내었다. 실험용 플라스틱 케이스에 넣고 가방 안에 들어 있는 실험용 샘플 병들을 꺼내어 탁자 위에 자신이 정해 둔 순서대로 나란히 두었다. 지금 당장 쓰일 시약병이 아닌 것들은 안전하게 보존하기 위해 집 안에 있는 미니 냉장고에 넣어 두고는 냉장고 제일 위 칸에 넣어 둔 동물병원에서 쓰이는 주삿바늘이 가느다란 주사기를 꺼내었다. 시약병에 들어 있는 불멸화 세포의 용액을 피스톤으로 당겨 주사기에 옮겨 담았다. 매끈매끈한 뱀의 피부에 주사를 주입하자 주사기의 바늘을 찔러 넣은 부분에 고통이 크게 다가왔는지 작은 뱀은 아귀를 크게 벌려 마치 너를 집어삼키겠다는 듯 얇은 실눈으로 지미를 거세게 노려보았다. 큰 보아 뱀이었다면 사람도 먹힐 수 있다는 땅꾼의 농담이 눈앞에서 현실로 일어날 수 있다는 것을 몸소 느꼈다.

얼룩덜룩한 뱀은 한동안 몸에 열감이 있는지 고통의 몸부림을 치며 몸이 부풀어 오르고 팽팽해졌다. 자신의 몸집보다 두 배 이상 몸을 부풀릴 수 있는 작은 뱀을 보고 몸집이 작다 하여 무시하면 안 되겠다는 생각을 하며 어찌 손을 보호하고 있던 장갑을 벗고 소파에 누워 뱀의 고통을 애써 피하려 했다. 대강 5분쯤 지났을까 뱀이 약물에 적응한 듯 몸을 이리저리 휘몰아치던 거센 몸놀림은 사라지고 모든 기운이 빠진 듯 가만히 누워 있었다. 똬리를 틀지 않은 채 잠자코 투명 케이스 안에 죽어 있는 시체처럼 누워 있는 뱀에게 체열을 재기 위해 온도계를 가져다 대었다. 지속적으로 끓었던 고열이 가신 듯 정상적인 체온 범위에 들어섰다. 뱀의 양쪽 콧구멍이 몸의 열을 내리는 데 큰 역할을 한다는 자료를 보았던 기억이 떠오르며 이전 실험을 당하던 자신의 영원한 친구 아구아와 비슷한 연민이 들었다.

베네딕트 박사가 데리고 있던 죽음을 코앞에 두고 있는 하얀 쥐 중 동질감이 가는 쥐 몇 마리를 집으로 데리고 와 키우고 있었는데 그들 중 한 마리는 뱀의 먹이가 되어야만 했다. 쥐 한 마리를 집어 들어 뱀이 들어 있는 케이스에 넣어 주자 잠잠했던 뱀이 잽싸게 쥐를 집어삼켰다. 눈 깜짝할 사이 하얀 쥐를 씹지도 않고 통째로 꿀꺽 삼키는 모습을 보자, 많은 사람이 파충류를 기르는 매력에 빠지면 헤어나오지 못해 파충류의 수와 종류를 늘려 온 집안 내부가 동물원으로 변한다는 것이 생각나 웃음이 터져 나왔다.

한때 집으로 데리고 온 쥐들이 종이 박스를 갉아먹고 탈출해 자신이 편하게 잘 수 있는 침대의 스프링을 갉아먹으며 단잠을 방해하던 쥐들의 찍찍대는 소리가 없어진 것을 보면 뱀이 주는 강력한 힘이 아닐까 싶었다. 바닥에 굴러다니는 쥐를 잽싸게 찾아내 입을 벌려 한 번에 삼키고는 상대의 숨통을 천천히 끊어 내는 것을 보며 뱀은 쥐에게 가장 위협적인 동물이라는 것을 실감케 했다.

아귀를 벌려 쥐를 한 번에 삼킨 채 힘을 들일 필요 없이 새근새근 잠을 청하는 뱀을 보며 동물의 세계에서 서열이 우위에 있는 동물에게 함부로 다가가지 못하는 것이 당연한 듯싶었다. 뱀이 쥐를 먹는 모습을 아흔아홉 번째 관찰할 때쯤 불멸화 세포가 완전히 몸에 적응해 장착된 완전한 뱀을 보고 자연으로 돌아가라며 풀잎 냄새가 가득한 산속으로 보내 주었다.

뱀이 혀를 빠르게 날름거리며 길게 자라난 풀들과 뱀의 피부가 마찰되어 스르륵스르륵하는 소리가 났다. 뱀이 눈앞에서 멀어지자 불멸화 세포가 사실은 그렇게 무서운 바이러스가 아님을 알게 되었다. 지미는 정들었던 뱀이 조금의 섭섭함도 보이지 않은 채 뒤도 돌아보지 않고 떠나자 왠지 모를 씁쓸함이 크게 느껴졌다. 뱀이 사라진 나무와 풀이 우거진 숲을 바라보며 냉정함을 잃지 않으려 애썼다. 집에 도착한 지미는 소파에 털썩 주저앉아 이불을 쥐고는 펑펑 울기 시작했다.

인구의 절반이 사라지기 전 누군가는 뱀에 물려 항체가 최초로 등장하며 떠들썩할 수 있는 모든 세상이 조용히 잠잠해지기를, 가혹한 실험을 모두 견뎌 내 준 뱀에게 미안하다며 용서해 달라고 진실되게 기도했다.

완전한 세포가 탄생하고 베네딕트 박사의 손에 바이러스가 넘어가자 세상은 역시나 떠들썩해졌다.

코빗 바이러스 이후로 세상과 역사를 판도를 바꿀 탄저병이 탄생한 것이었다. 탄저병의 증상은 초기 독감과 비슷한 간단한 미열로 시작해 고열이 멈추지 않고 후각을 잃는 증세가 나타나며 후에는 완전한 미각까지 잃어버리며 혼자서는 몸을 일으킬 수 없을 정도로 많은 근육들이 소실되었다.

한 장소 침대 위 고정된 자세로 누워 있을 수밖에 없는 상황에서 혈액 순환장애로 몸의 피부 일부에서 검은색 반점이 생기기 시작해 포자가 점점 커져 갔다. 피부가 괴사하듯 썩어 들어가기 시작했다. 썩은 피부에서는 썩은 내가 진동하며 짓무른 상처에 물이 흘러나왔다.

탄저병은 급속도로 퍼지기 시작해 제압할 수 없게 되고, 겉잡을 수 없는 상황으로 번지게 되자 정부에서는 초기에 발병하는 탄저병의 증상을 갖고 병원의 문을 두드리는 환자들에게 별다른 치료법이 없다며 최후의 방법 즉 안락사를 추진하는 발안을 통과시켰다. 병원에서는 탄저병의 증상이 시작되는 사람들의 피부의 각질에서 나오는 미세한 포자의 균열이 모든 항생제를 주입해도 절대적으로 깨지지 않는 것을 보고 의아해하며 치료법이 없다고 단정 지었다. 별다른 치료의 방도가 없자 전염성이 강한 에이즈보다 무서운 병이라며 탄저병의 모든 것이 과대 포장되어 기사화되고 많은 이슈가 되어 사람들을 집 밖의 모든 외출을 금기시켰다. 집 안 넓은 창문으로 보이는 밖의 풍경이, 시간이 정지된 듯 소란했던 거리가 조용해졌고 개미 한 마리도 지나다니지 않을 것 같은 한산한 거리에는 회사를 다니는 사람도, 문을 연 가게도 찾아볼 수 없었다.

달의 표면에서나 볼 수 있는 어두운 현무암과 비슷한 고체 형식의 악성 병변이 사람의 피부에서 나타나기 시작하다니 의사들은 이 광경을 보고 마치 남의 일인 듯 우주여행이 머지않아 가능할 것 같다며 허심탄회한 말투로 웃어넘겼다. 의사들은 나라가 지시한 대로 고열로 인해 죽음의 문턱에 다가온 이들에게 가족의 동의를 얻어 안락사를 시행할 수밖에 없었다. 기사에서는 탄저병의 백신 샘플을 한정된 수량으로 외국에서 들여와 치료가 불가능했던 탄저병의 백신이 결국 다량으로 풀릴 것이라 장담했다. 아무도 일하지 않는 백수의 시대, 백신을 개발하는 제약회사가 늘어 가며 상당수의 의료계 회사의 주가가 말도 안 되게 급부상했다.

이 기회에 사표를 던지고 연구소를 떠난 이들은 급히 피난을 가듯 외국으로 이민을 가 한국에서 일하던 많은 고급인력들이 한국을 떠나는 추세가 되었다. 나라 안에서 마이크로칩을 이용한 GPS로 줄곧 감시하던 고급 인력들을 더 이상 통제할 수 없게 되자 국가에서는 전염성이 강한 탄저병을 유행성 질환으로 간주했으며 이로 인해 국가 간의 출입이 통제되고 국가의 수출입이 제한되었다.

미국과 북한이 서로 핵 공격을 누가 먼저 할 것이냐 의견이 분분한 가운데 중국의 도움을 받은 북한의 군사력이 무시할 수 없게 되자 세기의 전쟁이 될 것이라며 모두가 손을 쓸 수 없는 상황에 이르며 속수무책이 되었다. 지구에 있는 많은 사람들은 핵 전쟁이 언제라도 일어날 것 같다는 심리적인 불안감에 휩싸여 공포감이 조성되었다. 핵이 한 번 터지기 시작하면 상당수의 인구가 죽어 나가는 것은 물론 우라늄으로 인해 공기가 오염돼 눈에 보이는 기괴한 장애 증상을 피할 수는 없을 것이라고 단정 지었다.

그러다 갑작스레 나타난 유행성 악성 질환 탄저병이 면연력이 전혀 없던 많은 국민을 죽음의 낭떠러지 앞에 내몰았으며 초기 감염자의 경우 마땅한 치료법이 없어 안락사당하는 것을 지켜보기만 해야 했다. 이것은 핵으로 인한 죽음보다 더 큰 자연적인 일로밖에 볼 수 없는 자연사에 가까웠다. 일방적인 누군가의 침략이 아닌 바이러스로부터 오는 유행성 질환에 많은 사람들은 굴복할 수밖에 없었다. 세기의 전쟁이 일어날 수도 있었던 시점 그 어떤 나라도 승리의 깃발을 거머쥐지 못한 채 한국에 존재해 있던 1만 명의 국민이 연달아 죽어 나가는 것을 두 눈을 뜨고 지켜볼 수밖에 없다는 참담한 현실이 많은 사람의 가슴을 안타깝게 울렸다. 사람이 계속해서 죽어 나가는 현 상황에서도 탄저병의 바이러스는 종식되지 않았다.

대다수 사람들의 수입원이 끊겨 버리자 나라에서는 국민에게 이해를 바란다며 차별이 없는 사회를 인식시키고자 국고에 쌓아 둔 많은 현금을 차등 없이 지급했다. 아우성을 치던 국민들은 노동이 없는 대가의 달콤함을 맛본 탓인지 대통령의 전반적인 대처가 성공적임을 알렸다. 공장에서 찍어내듯 만들어 내는 현금성 지폐를 대량으로 찍어 내는 일은 결코 어려운 일이 아니었다.

시간이 지나자 중산층이 점차 사라지고 상류층과 하류층으로 나뉘어 사람들의 빈부 차이와 불만은 늘어만 갔다. 있는 자는 더욱 풍족해지며 없는 자는 모든 재산을 끌어모아도 밥을 먹기 힘든 지경까지 도달해 소유하고 있는 작은 월셋집마저 빼앗길 위기에 처하게 되며 길바닥에 나앉는 신세까지 이르러 노숙자의 수가 급격히 늘어났다.

부자는 더욱 부유해지고 없는 자는 더욱 가난해지는 현실을 바꿀 수 없는 빈익빈 부익부의 소득 차이 현상이 도드라지고 있었다. 인플레이션 현상으로 가지고 있던 부동산의 현물가격은 올라가며 갖고 있던 다량의 현금 지폐는 생계를 위한 곳에 쓰였으며 자본축적이 불가능한 시점에 이르자 부동산의 가격은 도무지 부동산 물건을 소유할 수 없을 정도로 뛰어올랐다. 탄저병의 유행성 질환 현상으로 집에서 근무하는 재택근무가 늘어남에 따라 회사에서는 불필요한 임금과 인원을 줄이기 위해 인원을 전체 삭감했다. 권고사직을 당한 대다수의 사회적인 경제활동마저 중단된 사회의 일원들이 이 모든 것에 불만을 가진 채 심리적인 고통을 줄이기 위해 사교적 모임을 만들었다. 집마저 잃을 위기에 놓인 많은 빈곤층을 겪고 있는 사람들과 경제력을 쥐고 있는 사람들이 모일 수 있는 장소는 한계적이었다.

사람의 몸에 기생해 평생 죽지 않는 불멸화 세포를 연구하고 개발한 과학자, 저명하게 이름을 날리고 있는 많은 이들을 가난의 위험과 곤궁에 처하게 만든 베네딕트 박사를 파괴시키기 위한 모임이 조성되었다. 집회가 번번이 일고 사회적인 문제로 대두되자 베네딕트 박사는 얼굴과 이름이 알려졌고, 자신을 보호하기 위해 헬기를 준비해 어디론가 자취를 감춰 버렸다. 정부에서는 치료할 수 없는 불멸화 세포를 보균하고 있는 환자들이 늘어남에 따라 개인적인 사교 모임과 소규모 집회를 금지시켰다. 나라가 그 모든 것을 통제하려 하자 자유를 빼앗긴 국민은 자신들의 경제적인 능력과 자유를 되찾기 위해 비밀리에 집회를 이어 나갔다.

소규모의 집회가 대규모의 집회로 이어지며 그것이 사회적인 문제로 일자 얼굴이 알려지지 않은 영향력이 막대한 경제학자들이 대통령의 권력을 쥐고 흔들 수 있게 되었다. 대통령은 권력을 타인에게 빼앗기지 않기 위해 비밀리에 사람들을 끌어모아 집회를 여는 모든 사람을 대거로 잡아들이기 시작하고 질문과 취조를 늘려 갔다. 남색의 옷을 입은 수많은 덩치가 큰 보안관이 어디선가 나타나 기다란 막대기를 이리저리 휘두르며 집회 장소를 습격해 집회 장소에 있던 개개인 소유의 물건들을 부숴 나가기 시작했다. 정부를 파괴하는 모든 이들에게 스스로가 악마가 됐음을, 사람들의 고통을 무시한 채 자신들의 일자리를 지키기 위해 명령에 충성을 다했으며 복종을 하지 않는 시민들에게는 폭력의 행사가 늘어갔다.

고통을 느끼는 자들은 더욱 무에서 유를 창조하는 설교를 들으려면 거리에도 불구하고 집회 장소를 찾아다니기 시작했다. 나라의 규정이 있음에도 불구하고 이것이 자신의 가치관을 지켜 줄 마지막 희망의 끈이라고 생각해 포기할 줄 몰랐다.

이 모든 것이 누구의 계획이든 폭력과 죽음이 난무하는 시대, 치료법이 없는 죽지 않는 바이러스가 존재하는 시대에 집회 장소는 어마무시한 에이즈를 뛰어넘는 탄저병으로 인해 고통받는 사람들에게 마음을 치유할 수 있는, 여유와 일자리를 잃은 많은 실직자들이 따뜻한 한 끼를 할 수 있는 베풂을 느끼는 장소였다. 그들은 영혼의 아픔과 고통을 치유할 수 있는 유일한 집회 장소를 벗어날 수 없었으며 사랑을 기꺼이 나누어 주는 베풂은 무에서 유를 창조하는 것과 같았다.

상류층에서는 불멸화 세포 바이러스로 인해 더 이상 100세 시대는 존재하지 않는다며 막대한 부를 보유한 자들이 한 치 앞을 알 수 없는 현 상황에 아쉬움이 없는 즐거움을 느끼기 위해 중독성이 강한 환각을 일으키는 환각제 파티를 끊임없이 벌였다. 환상의 파티와 지치지 않는 음주 가무는 계속되었다. 사람들은 죄의식을 전혀 느끼지 못한 채 살아가고 있었다. 인구의 절반 이상이 암묵적으로 사라져 가는 상황에 죽음을 대비하는 사람은 결코 존재하지 않았다. 백신이 개발되고 다량의 백신이 풀리자 사람들은 나라에서 주는 혜택이라며 백신을 접종해 나갔지만, 백신을 접종하고 난 이후의 의문의 죽음이 끊이지 않자 사람들은 백신도 믿을 수가 없다며 나라가 해 주는 그 모든 지원들을 탄력적으로 거부했다.

7. 통신

우주탐사선이 87번째 인공위성에 도착했을 때 앤드로이 박사는 최초의 우주학자의 권한으로 탐사선 말틴 1호와 통신을 끊임없이 시도하는 데 성공했다. 2021년 목성에 도달해 그 행성만이 가지고 있는 유기물들을 갖고 지구 상으로 돌아오는 것이 목적이었던 우주탐사선의 모든 일원이 행성의 궤도를 돌던 조종사가 알람을 맞춘 듯 기나긴 동면에서 깨어나자 앤드로이 박사가 끊임없이 교류를 요청한 것을 보고는 긴박한 상황임을 유추해 연결에 성공했다. 모니터 화면 포개어진 두 화면에 앤드로이 박사의 얼굴과 조종사 아티커스의 얼굴이 나타났다. 그동안 하지 못했던 말이 속에 쌓였던 듯 근심과 걱정이 가득한 표정이었다. 주름이 한층 더 깊어진 앤드로이 박사의 얼굴에는 침묵을 지킬 수밖에 없던 이야기를 하기 시작했다.

"아티커스 조종사 그동안 아무 탈 없었나요?"

"네. 정확하게 85번째 인공위성에 도달했을 시점 탐사선의 모든 전력을 끌어올려 엔진에 가속을 더하기 위해 스위치를 켜 놓았습니다."

"다행이네요. 다른 팀원들은 아직 동면에 든 상황인가요?"

침착한 어조의 박사의 말에 아티커스는 궁금함에 초조한 표정이 가득했다.

"네. 무슨 일이시죠?"

"이것은 아직 NASA가 허락하지 않은 아티커스 조종사와 단독으로 통신을 주고받는 겁니다. 기밀사항을 전달 드리고자 하니 탐사선에 오른 모든 인원은 전원 소집해 줄 수 있나요?"

"물론. 가능합니다."

"그럼, 부탁드리겠습니다."

베테랑 조종사는 우주탐사선이 쏘아 올린 이후 지구에 많은 사건 사고가 벌어진 것임을 직감적으로 느낄 수 있었다.

앤드로이 박사의 말대로 하이버네이션 캡슐에 누워 있는 부조종사 펠틱과 여성 팀원 시몬과 베인을 차례대로 깨워 전원을 소집했다. 짧지 않은 시간, 캡슐 안에 누워 있는 내내 사용하지 않던 신체의 근력이 손실되어 사지에 기력이 전혀 들어가지 않자 몸을 일으키기 힘들어하는 베인의 어깨에 아티커스는 빠른 손놀림으로 근력 강화 주사를 놔 주고는 팀원 모두가 모니터 앞에 모이기를 기다리고 있었다. 의료 기술만큼 또한 어느 연구소의 의료 직원 못지않게 빠른 대처를 하는 아티커스를 보며 시몬은 다시 지구로 돌아갈 날이 얼마 남지 않았다는 것을 직감했다. 기운을 차리지 못하는 베인이 주사의 성분으로 인해 구토를 하기 시작해 어지럼증을 호소하자 회의에 참석하기 불가능할 것 같다는 세 명의 판단하에 조종사 아티커스와 부조종사 펠틱, 여자 팀원 시몬 이렇게 셋은 귀에 무선이어폰을 장착한 채 모니터를 주시했다.

“저희 말틴 1호에 오른 네 명의 팀원이 회의에 참석하기는 불가능할 것 같습니다.”

총 책임자 아티커스가 말했다.

“괜찮습니다. 일단 급한 대로 설명드리자면 45번에서 47번까지의 인공위성이 격추되어 우주탐사선과의 GPS와 통신의 연결이 중단되었습니다. 그뿐만 아니라 70번의 인공위성이 폭파된 듯 인공위성의 분해된 기기들이 아일랜드섬 쪽에서 발견되었습니다. NASA에서는 별다른 문제가 아니라고 결론을 지었지만, 앞으로 120번의 인공위성을 지나 목성까지 도착할 수 있다는 완전한 보장을 못 한다고 생각되어 계속 통신의 연결이 되기만을 기다렸습니다.”

“그 말뜻은 즉 저희 말틴 1호가 목성까지 갈 수 없다는 거죠?”

“네. 맞습니다. 전 우주탐사선에 오른 4인이 안전하게 지구로 돌아오길 바랍니다. 탐사선이 지금 88번째 인공위성 쪽으로 가고 있는 것 같습니다만, 탐사선을 우회해 다시 지구의 행성으로 돌아오길 아티커스 조종사님께 간곡히 부탁드립니다.”

“그럼 지금 자동비행 모드를 해제하고 다시 87번째 인공위성으로 우회하겠습니다.”

“감사합니다.”

NASA의 최고 높은 위치에 앉아 있는, 많은 이론을 내세운 논문이 총 백십여 권에 달하는 앤드로이 박사가 안도의 한숨을 쉬자 아티커스는 한동안 굳게 닫혀 있던 조종실로 들어가 자동비행 모드를 해제시키고 직접비행 모드에 돌입했고, 부조종사 펠틱은 아티커스의 모든 보조를 담당했다.

모니터 화면에 홀로 남겨진 시몬은 앤드로이 박사와 단둘이 마주하는 시간을 가졌다.

"박사님 그동안 잘 지내셨나요?"

"잘 지냈지."

"사실 제가 목격한 것이 있습니다."

"인공위성이 격추되었다는 사실을 알고 있었구나."

"네, 탐사선이 안전한 궤도에 들어섰을 때 저희 모든 팀원은 각자의 뜻으로 하이버네이션 캡슐에 들어가 동면을 취했습니다. 그러나 저는 알 수 없는 불안감으로 인해 쉽게 동면에 들지 못했습니다."

"그래서 네가 본 것은 무엇이었니."

"인공위성이 연달아 두 번이나 격추되는 것을 보았으며, 격추되었던 인공위성의 분해된 기기의 모든 조각이 강력한 블랙홀의 중력으로 인해 빨려 들어가는 것을 보았습니다. 마치 큰 회오리가 우주행성에 떠 있는 그 모든 것을 집어삼킬 듯이 무서웠습니다. 모든 것들을 데이터로 만들어 NASA의 기관으로 전달하기 위해 컴퓨터를 켜는 순간 모니터가 지-지직거리며 통신이 중단되어 저도 하는 수 없이 탐사선에 모든 운명을 맡기고 동면을 선택했습니다."

"네가 본 그것만이 문제가 아니란다. 지금 지구 안에서는 에이즈를 뛰어넘는 영원히 죽지 않는 불멸화 세포가 개발되어 죄 없는 많은 사람들이 죽어 가고 있단다."

"불멸화 세포요?"

"그게 NASA가 관여하는 연구가 아니라 자세히는 모르지만 핵개발을 위해 우주탐사선을 쏘아 올릴 정도로 막대한 돈을 투자해 달 행성에서 얻은 현무암과 비슷한 물질로 만든 바이러스가 영원히 치료할 수 없는, 죽어서도 몸체에 그대로 기생하는 바이러스 세포라고 들었단다."

"그럼 지금 그 바이러스가 전 세계에 발포된 건가요?"

"베네딕트 박사의 연구실에서 만든 탄저병의 바이러스 세포가 너무 강력해서 많은 사람의 신체에서 달의 표면과 같은 흑색의 궤양이 번지고 있어."

"그럼 저희는 어떻게 하죠?"

"그뿐만 아니라 정부에서 시행하는 마이크로칩을 사회에 분포되어 있는 많은 정치인과 NASA의 모든 세포 연구를 담당하는 연구소의 직원들의 왼쪽 손등에 이식해 GPS로 동태를 파악하는 중이야."

"그 수많은 사람의 동태를 파악해서 정부가 얻고자 하는 것이 무엇이죠?"

"통제력이야."

"통제력이요?"

"나라의 판도를 뒤집을 수 있는, 언제든 세상을 쥐고 흔들 수 있는 수많은 인재들을 통제하기 위해서야."

"지구에 있는 그들이 원해서 칩을 이식한 건가요?"

"그것은 아니야. 거의 반 강제성이지. 마이크로칩을 이식하기를 거부하는 사람들은 사직 권고를 받고 영영 자신의 직위와 자리를 버리고 평범한 인생으로 돌아가야 하겠지."

"갖고 있던 직위를 박탈당한다고요?"

"물론."

"어마 무시하네요."

"차라리 우주탐사선에 오른 게 낫다고 생각을 할 때쯤 45번 인공위성과 47번 인공위성이 격추되어 탐사선도 곧 추락할 것이라는 판단하에 말틴 2호를 바로 쏘아 올릴 예정이었다."

"그럼 저희는 어떻게 되는 건가요?"

"그 말뜻은 말틴 1호가 지구의 행성으로 안전하게 돌아온다는 보장이 없다는 이야기지. 하지만 지상에서 벌어진 불멸화 세포로 인해 지구의 인구 절반 이상이 죽어 나가기 시작해 탐사선의 가치가 없어졌어."

"가치가 없다는 것은 저희가 목성에 도착해 목성에 존재하는 유기물들을 갖고 지구로 돌아가도 의미가 없다는 뜻인가요?"

"그보다 안전하게 지구로 돌아오지 못할 가능성이 크다는 뜻이야."

"핵실험에 중요한 농축된 우라늄이 이제 불필요한 시대가 됐어. 전국에 퍼진 탄저병의 바이러스로 인해 모든 국가 간의 출입이 다 통제되었으며 유행성 악성질환 1등급으로 분류되어 모든 국민들이 집 외에 바깥출입이 금지되고 많은 사람이 일자리를 잃고 나라의 지원만으로 현재의 생계를 유지하고 있는 상황이야."

"어머…."

시몬은 예상치 못한 일들을 겪은 후 말문을 열지 못한 상황에서 마주한 또 다른 연속된 기괴한 일들이 누군가의 배후로 일어난 일임을 직감했다.

"너무 걱정하지 말 거라. 아티커스와 펠틱이 너와 베인 둘을 안전하게 지구로 다시 데리고 올 것이야."

"저희가 아무런 결과를 얻지 못하고 지구로 돌아가도 괜찮을까요? 임무를 완수하지 못했는데…."

"내가 생각하기에는 인공위성이 연속으로 파괴된 것을 보니 너희의 임무가 급선무가 아닌 것 같아. 우주탐사선이 격추된다면 너희는 탐사선의 분해된 기계들과 함께 길 없는 어둠의 행성을 영영 떠돌게 되겠지."

"맞는 말씀이세요."

"그럼 나는 너희의 사태를 무마할 수 있는 방안을 고려해 볼 테니 베인을 좀 더 옆에서 챙겨 주도록 해."

"네."

앤드로이 박사와 시몬의 통신이 끊겼다.

무선이어폰으로 모든 것을 전해 듣고 있던 아티커스와 펠틱은 탐사선의 운전대를 잡은 손에 흐르는 땀을 움켜쥐고는 안전하게 지구의 행성으로 돌아가기 위해 모든 전력을 끌어올려 자동비행 모드에 돌입했다. 시몬은 베인의 이마에 손을 살며시 가져다 대었다. 이마에 송골송골 맺혀 있는 미세한 땀방울들이 좀 전에 왼쪽 어깨에 맞은 근육강화제의 주사액이 베인의 신체에 맞지 않는다는 것을 알게 했다. 가녀리게 떨리는 베인의 몸을 보며 손을 놓고 가만히 그녀의 고통을 지켜보고 있을 수만은 없게 되었다. 구급 상비약이 담긴 구조 상자를 꺼내어 주사제의 샘플 병을 뒤적거렸다. 근육이완제라고 적혀 있는 작은 샘플 병을 꺼내어 일회용 주사기에 이완제를 주입해 베인의 허벅지에 찔러 넣었다. 그녀의 눈 밑 거무튀튀하게 들어앉은 다크서클이 가시며 편안함의 표정이 나타나자 그제야 주사제의 용액이 바뀌었음을 알게 된 시몬은 더 이상 출입이 금기된 조종실에 발을 들일 수 없게 되었다.

베인의 몸의 근육이 천천히 풀어지는 것이 보이자 시몬은 자신의 이름이 적힌 개인용 캐비닛을 열었다. 담요를 꺼내어 돌돌 말아 올린 후 담요를 베개 삼아 베인의 머리맡에 살며시 놓아 주었다. 편안함에 새근새근 잠들어 있는 베인의 옆에 나란히 누웠다. 앞으로 어떻게 될지 예상할 수 없는 일들이 지구 상에서 일어났다는 것을 다시 상기하다가 암흑적인 블랙홀에 갇혀 지구로 평생 돌아가지 못하는 일보다는 백배 천배 낫다고 스스로를 위로하며 베인을 살며시 끌어안았다. 두 눈을 감은 채 또 다른 행성과의 만남은 일어나지 않을 것이라며 우주탐사선과의 영원한 이별을 약속했다.

8. 이인자

모든 신문사에서는 현 상황을 베네딕트 박사의 연구 결과로 얻은 사회의 대 분란이라고 발표했다. 연구소 앞과 박사의 집 앞에 많은 기자가 한꺼번에 몰려와 진을 치고는 밤낮이고 박사가 밖으로 나와 해명이라도 하기를 기다렸다. 일상생활마저 불가능하게 된 박사는 자신의 연구 결과로 모아 둔 전 재산을 몽땅 털어 헬리콥터를 구매해 어디론가 사라져 버렸다. 많은 추종자들은 누군가에게 살해당했을 것이라며 더 이상 베네딕트의 뒤를 밟지 않았다. 연구소 사무실에서 제일 연장자가 사라진 직후 케이티는 베네딕트가 깔끔하게 마무리하지 못했던 수많은 연구 자료들을 파기하기 시작했다. 마취제에 관한 성분 데이터가 세상에 알려진다면, 연구실에 출근하던 모든 직원들의 밥줄이 끊기는 불상사가 일어날 수도 있었다. 케이티는 근무하는 동안 절대 범접할 수 없었던 자물쇠가 굳게 닫힌 철장의 문을 마침내 열어 보았다. 그러나 그곳은 이미 누군가의 손을 거쳐 간 지문의 흔적이 남아 있었으며 노심초사 기대했던 모든 것이 물거품으로 돌아간 듯 종이 한 장도 찾아볼 수 없었다.

지미는 자신이 개발한 불멸화 세포, 영원히 죽지 않는 탄저병의 바이러스의 모든 연구 결과물이 베네딕트 박사의 공으로 돌아간 것을 보고 한숨을 내쉴 수밖에 없었다. 연구소의 처음 발을 들이는 사회초년생, 자신이 입사한 사무실의 최고 연장자가 가던 길을 그대로 따라갈 것을 속으로 굳게 다짐하며 실패할 수 있는 모든 실험에도 많은 심혈을 기울여 포기하지 않았던 기억을 떠올렸다. 결국에는 모든 공을 자신의 앞으로 돌렸던 베네딕트 박사가 사회적인 물의를 일으켰다는 죄목으로 살인죄의 누명을 뒤집어쓸 수 있는 상황에서 갑자기 자취를 감춰 버린 박사를 보며 모든 것에는 자연의 이치와 섭리가 있다는 것을, 자신이 선배의 보호 아래 있는 것이 정답임을 깨닫게 되었다. 나비의 작은 날갯짓으로 날씨가 변화하듯, 미세한 변화가 추후 예상치 못한 사회적인 물의를 일으키는 나비 효과로 일어날 것을 예상한 박사가 미리 손을 써 자신을 감싸 주려 했던 모든 행동임을 알게 되자 어딘가에서 행복하고 느긋한 노후를 보내고 있을 박사의 모습이 떠오르며 탄저병 바이러스 소식이 잠잠해질 때까지 지미는 생각지 못한 긴 시간의 휴가를 얻게 되었다는 생각이 들었다.

베네딕트 박사의 또 다른 이름 제임스. 제임스 박사가 보낸 긴급

소포에는 다량의 현금다발이 들어 있었다. 그 안에 담긴 손 편지 내용을 펼쳐 보았다. 제임스의 자필이 들어간 영문의 짤막하고 유머러스한 편지가 담겨 있었다.

Thank u 지미.

평일이 주말 같은 하루가 지속되자 지미는 아구아를 옆에서 애정을 갖고 개체 수를 늘릴 방안을 새롭게 연구하기 시작했다. 먹이를 수일 째 거부하는 아구아로 인해 혹여나 면역력이 약해져 자신의 곁을 떠날 것만 같은 불안한 마음이 가득했다. 움직임이 거의 없는 죽어 가는 아구아를 며칠 동안 밤을 꼬박 새우며 지켜보았다. 연구에 차질이 생긴 지미는 눈을 감고 생각했다.

어디서부터 무엇이 잘못된 것일까. 갑작스레 울리는 핸드폰의 진동음. 문자로 알리는 부고 알림. 갑작스러운 노아의 사망소식을 알리는 문자 메시지에 지미를 알 수 없는 공포감으로 에워싸기 시작했다.

2부

9. 죽음

지미는 알림 문자 메시지를 다시 한번 확인했다. 노아의 사망 소식. 이제는 받아들여야 할 때인 듯 잠자코 핸드폰을 두 손으로 고이 쥐었다. 그리고 생각했다. 무엇으로 인해 노아는 죽음을 맞이한 것일까. 거짓의 세속된 꿈에서 깨어나길 바랐다. 악마의 속삭임이 시작되었다. 같은 연구실을 사용하던 노아가 죽었단 사실에 '나쁘지만은 않아.' '널 평소에 피곤하게 굴었잖아.' '너의 연구를 방해하고 있었잖아.' 하며 주변에 보이지 않게 떠돌던 많은 혼령들이 떼창을 부르듯 환청이 끊임없이 들려와 스스로가 악마가 되었음을 의심케 했다. 업무 도중 스트레스의 원인으로 꼽히던, 자신을 항상 헤어 나올 수 없는 절벽의 구렁텅이로 내몰았던 노아가 방해물로 인식됐는지 주위를 감싸 도는 영혼들이 억울함의 부름을 짖어 대었다. 더 이상 연구소 안에서 양쪽 귀를 틀어막는 짓은 하지 않아도 되었다.

불안이라는 감정으로 인해 잠을 제대로 못 잔 탓인지 지미는 그렇게 소파 위 무념무상의 표정을 유지한 채 밥을 며칠째 먹지 못한 사람처럼 입을 크게 벌리고는 깊은 잠에 빠져들었다. 멈추지 않는 식은땀, 깊고 얕은 수면을 반복하다 잠들어 버린 꿈속의 세계. 생사의 갈림길을 오고 가는 순간 사람의 껍데기와 영혼이 유체이탈을 하듯 이제 자신의 겉을 싸고도는 딱딱한 껍데기는 깊은 잠에 들어도 된다는 허락을 받은 듯했다.

지미는 엄마가 포유하는 헌신적인 사랑 외 그 누구에게 크게 사랑이라는 감정의 연민을 느껴 본 적이 있는지 생각해 보았다. 남을 배려하는 연민이라는 감정이 조금이라도 가슴 한쪽 깊이 가진 적이 있는지 생각해 보았다. 예상치 못한 죽음의 날이 당장 코앞으로 다가온다면 어머니 외 누가 나를 위해 울어 줄 수 있을까. 생전 보지 못한 아버지가 갑자기 나타나 나의 죽음을 지켜볼 것인지 냉동인간처럼 누워 있는 자신을 보며 어떤 일관된 표정으로 자신을 바라볼지 궁금해져 왔다. 여태껏 존경해 온 박사님은 장례의 행렬을 끝까지 지켜 줄 것인지 연구소 사람들은 어떤 감정을 갖고 조문을 할 것인지 허무맹랑한 과한 기대는 과감히 저버려도 좋을 듯했다. 지금 당장 옆에서 안아 줄 누군가의 따뜻한 품이 너무나 그리웠다.

지미는 손때가 꽤 묻은 포근한 이불을 자신 쪽으로 끌어당겼다. 사람의 온기로 채워지지 못한 메말랐던 슬픈 감정에 온몸을 감싸 주는 이불을 대신했다. 몸에서 자연스레 흐르는 식은땀이 솜 안으로 젖어

든 듯 시간이 지나자 이불에선 땀내 비슷한 쿰쿰한 연구실의 냄새가 풍겨 나왔다. 그 누군가의 죽음을 자각하지 못한다는 것은 큰 슬픔이었다. 사람들이 말하는 긴밀한 연결고리가 자신에게 있기는 한 것일까, 아무도 없는 빈집에 어지럽게 늘어놓은 실험용품들을 보자 깊은 한숨이 나왔다.

가까이 있던 누군가의 죽음을 애도해야 할 시간에 집 안에 틀어박혀 공황장애를 겪고 있다는 것은 스스로 생각해도 너무나 비참했다. 모든 것을 내려놓고 세상과 작별한 노아와 모든 것을 포기한 채 사라진 베네딕트 박사가 일맥상통한 것인지 생각하다 지미는 어둡고 적막한 공간을 탈출하기로 마음먹었다.

창밖을 내다보았다. 옅은 뭉게구름이 두둥실 떠다니는 것이 싱숭생숭한 마음을 대변하는 듯했다. 차라리 굵은 장대비라도 온종일 쏟아 내려 빼빼 마른 몸에 내려앉은 케케묵은 먼지마저 씻어 내 마음의 울적함을 덜어 주었으면 했다. 바짝 말라 버린 눈물샘에 비라도 쏟아져 내리면 그나마 무뎌졌던 감정이 한꺼번에 쏟아져 슬픔이라는 감정에 조금 더 솔직해질 수 있을까. 눈물을 한데 모아 한 번에 쏟아져 내리면 그것이 비가 될까? 슬픈 감정을 늘 가슴속에 보관해 시시때때로 꺼낼 수 있다면 얼마나 좋을까.

감정을 숨기지 않은 채 내 감정에 솔직해진다면 그것은 나의 감정을 구태여 억누르는 연습을 하지 않아도 될 것이었다. 현실의 나는 나의 감정을 얼마나 숨겨 왔는지 스스로 생각해 보았다. 나의 감정을 남에게 들키는 것이 창피한 일일까? 자연의 소리에 더 가까이 귀를 기울였다. 심장의 소리가 마치 울어도 좋다고 허락받은 듯 두 눈이 지그시 감기며 더 이상의 잡다한 생각은 하지 않아도 되었다. 하염없이 내리는 비를 맞는 상상을 해 보았다. 피부와 빗방울이 맞닿는 느낌이 너무 옅게 느껴져 거세게 내리는 비를 맞는 고통이 오히려 행복감이 클 수도 있다는 생각이 들었다. 한없이 비가 내리는 공간 안에서 고통이 아닌 행복을 느끼고 있었다.

노아가 사망을 하고 난 4일 뒤, 연구실에 있던 그 누구에게라도 전화를 걸어 노아의 장례 소식을 묻고 싶었다. 장례사가 노아의 신체 모든 구석구석을 닦고 깨끗한 삼베옷을 입혀 그럴듯하게 잘 짜인 나무 관에 들어가 자신을 애도해 주는 수많은 사람의 슬픔 속에 편안히 잠들었기를, 신이 정해 주신 생명의 샘물이 마르는 그것에 대해 무엇이라 정의할 수 있을까.

남들에게 내비치는 마지막 모습이 흉측하지 않게 노아는 끝끝내 시체 부검을 하지 않고 죽음에 대한 많은 의문을 남긴 채 세상과 작별했다. 마치 가시가 없는 고등어가 먹기 편하듯, 쉽게 삼킬 수 있었다. 그러나 그것을 삼키려 할 때 어떠한 이유에서인지 목구멍의 기도관이 쉼 없이 막혀 왔다. 목의 막힘이 서서히 풀어지자 지미는 허기져 왔다.

이미 지나간 시간에 대해 자신이 느끼는 그 모든 신세 한탄으로는 아무것도 바꿀 수 없다는 현실을 인지한 채, 그 무엇도 소용이 없음을 깨닫게 되자 사람들의 관계에서 오는 허탈감을 느끼지 않기 위해 실험체에 집착했던 자신에게 자유를 주고 싶어졌다. 혼자 있는 평온함을 만끽하기 위해 정신을 한데 모아 명상에 집중했다. 삶의 경계에서 모두가 공평하게 자신이 하는 노동에 따라 입에 숟가락을 가져다 대는 공정한 이 세상에서 자신이 얻은 이익이 불공정한 것인가에 대해 다시 한번 생각하며 허무맹랑한 자신의 삶과 지고지순한 타인의 인생 이야기에 집착하고 싶지 않았다. 의자에 앉아 탁자 위에 놓여 있던 과자 부스러기를 몇 개 집어먹으며 '과연 노아는 죽음을 피할 수는 없었을까?' 하는 생각이 들었다.

시시때때로 누군가는 죽음을 피하기 위한 그 길을 먼저 걸어갔을 것이었다. 선배가 가던 길을 천천히 밟아 따라가다 보면 언젠가는 케이티 선배와 그것을 더 뛰어넘은 베네딕트 박사처럼 멋지게 박사학위를 손에 거머쥘 수 있을 것이라 생각했다. 모든 것이 부질없어진 지금, 무엇을 나침반 삼아 따라가야 하는지 방황의 갈림길에서 길을 찾지 못하고 헤매고 있었다. 그때마다 꺼내 보는 제임스 박사의 편지를 조심스레 펼쳐 보았다.

Thank u 지미.

짤막하게 남겨진 이 세 단어가 제임스 박사의 무뚝뚝한 감정을 고스란히 숨긴 채 알 수 없는 여유로움을 나타내었다. 그동안 연구소의 일들이 박사를 옥죄었는지 마치 누군가 묶어 놓은 족쇄에서 풀려난 천진난만한 아이의 얼굴로 편지를 작성한 듯했다. 모든 사람에게 등을 돌린 채 자취를 감춰 버린 박사는 마치 오랜 기간 이 계획을 꾸민 듯했다. 현재 벌어진 모든 일로 인해 최고의 피해자는 누구인지 그 누구도 지목할 수 없었다.

경쟁의 상대라고 생각했던 동료 그마저 사실은 자신과 비슷한 처지에 놓여 있던 유일한 친구였음을 뒤늦게 깨닫고는 알 수 없는 침묵의 감정에 자기 자신마저 잃어버린 것 같은 슬픔에 젖어 들었다.

시간이 지나 세상이 잠잠해지고 고요해질 때 노아가 잠들어 있는 그곳으로 가 그녀가 평온히 잠들었기를 영혼이 드넓은 천국으로 가 미련 없이 세상에 떠돌지 않기를 생각했다. 억울한 죽음을 쉽게 받아들일 수 있는 사람은 아무도 없음을, 누구에게도 한탄할 수 없었던 자신의 일화들을 허심탄회하게 다 털어 내고 새로 시작하겠다고 생각했다. 속으로 악랄했던 자신을 용서해 주길 바라며 그 모든 것을 여전히 마음속에 담아 두고 있었다.

불멸화 세포로 인해 끊임없이 죽어 가는 사람들, 갑작스레 죽음을 맞이한 노아, 자신의 경력과 모든 학위를 포기한 채 떠나 버린 박사, 박사의 모든 뒤처리를 떠안게 되어 연구소 외출조차 쉽게 허용되지 않은 케이티 선배, 뒤따르는 의문의 그림자들을 피해 집구석에 홀로 가만히 앉아 친구의 부고 문자를 보고도 장례식장에 참석하지 못하는 자신. 지미는 가장 나다웠을 때가 언제인지 생각해 보았다. 연구소 안 그 무언가에 집중해 있는 모두가 함께였을 그때를 떠올려 보았다. 흥미진진한 연구에 빠져 그 무엇에도 뒤돌아보지 않았던 그 순간을 떠올리며 연구와 자신의 목숨을 맞바꿔 다시 그때의 열정을 갖고 실험에 임할 수 있을지는 확실치 않았다. 역사에 고이 남을 불멸화 세포가 시작됨과 동시에 일어난 수많은 죽음. 그 세포를 만들어 낸 장본인은 같은 연구실을 사용했던 동료 장례식에 참여할 수 없었다. 실은 두려웠다. 많은 연구소 사람들의 따가운 시선과 손가락질이 자신을 향해 이렇게 말할 것만 같았다. "너로 인해 수많은 사람들이 죄 없이 죽어 가고 있다."라고.

이 집을 떠나면 보호받을 수 있는 환경도 거처도 없는 단칸방 신세를 영영 면치 못할 것을 누구보다 잘 알기에 가장 나다운 것이 무엇인지, 나 자신이 누구인지 잃었던 정체성을 되찾고 내면을 견고하게 만들어 가면을 쓰고 살기로 다짐했다.

거울 속에 비친 초췌하게 목이 늘어진 티셔츠를 입고 있는 자신의 모습을 보며 연구소에서 열심히 일하던 커리어우먼 같은 우상의 모습은 온데간데없이 사라지고 초라하기 짝이 없는 자신의 현실에 모든 것을 잃은 듯했다.

기분을 전환하기 위해 여태 한 번도 경험해 보지 못한 머리카락을 염색하기로 마음먹었다. 얄팍한 추리닝복을 입고 편의점으로 무작정 달려갔다. 눈앞에 보이는 에메랄드빛의 색을 나타내는 번호를 검지 손가락으로 지목하자 점원이 염색약을 꺼내 들고는 계산대로 가져갔다. 지폐 몇 장과 맞바꾼 염색약을 보며 변화될 색다른 모습이 기다려졌다. 집으로 돌아온 지미는 기름기로 무겁게 내려앉은 거무튀튀한 머리 색을 보며 고리타분함을 느꼈다. 1제와 2제를 섞어 만든 염색제를 머리에 바르고는 시간이 지남에 따라 에메랄드빛으로 물들어

가는 모발을 보자 일탈을 하는 듯했다. 기분 전환으로 최고의 선택을 했다며 스스로를 위안했다.

연구실에서 수없이 맡았던 화학 수소 냄새가 코를 강하게 자극해 왔다. 두피에 오는 통증을 느끼자 지미는 두 눈을 질끈 감고는 머리를 빠르게 감기 시작했다. 천천히 씻겨 내려가는 염색제들이 빨갛게 부어오른 두피가 지미의 예민함을 선명하게 나타내었다.

드라이기 코드를 끼우고는 따뜻한 바람과 차가운 바람을 번갈아 가며 머리를 말리며 생각했다. 신이 정해 주신 사망 날짜에 사람이 죽어 나간다면 그것만큼 섬뜩한 것은 없을 것이다. 불멸화 세포를 애초에 연구하지 않았더라면 많은 사람들의 무고한 생명이 어처구니없이 죽어 나가지는 않았을 것이며 노아의 사망 소식도 접하지 않았을 것이다. 인생에 있어서 허무한 죽음을 맞이할 것이라면, 그 누가 생산적인 일을 하며 경제적인 생활을 이어 나갈까 싶었다. 사람의 목숨의 가치가 보잘것없는 것인지 숨의 연결고리가 이렇게 가볍게 끊어진다면 사람은 무엇을 목적으로 살아가야 하는지 지미는 내일 당장 죽는 날이 정해진다면 사랑하는 사람과의 마지막 하루를 기꺼이 함께 보내고 싶어졌다. 아구아를 대하듯 한 사람에게 변함없는 꾸준한 사랑이 가능하다면 기어코 아구아를 포기한 채 사람이라는 생명체와 하는 사랑을 선택할 것이다.

이튿날, 지미는 뱀의 생식기에서 다량으로 추출한 정자의 샘플들을 냉장고에서 꺼냈다. 만일 아구아가 여자의 생식기를 보유하고 있어 인공으로 체내 수정이 가능하다면 아구아의 개체 수를 쉽게 늘릴 수 있을 터였다. 현미경으로 보아야만 보이는 정말 작은 아구아의 몸집에 정자의 샘플을 미세한 주사기로 주입하자 배가 조금 부풀어 올랐다. 한 번에 다량의 정자를 주입한 탓인지 아구아의 몸집은 두 배가량 불어났다. 빠른 기간 안에 개체 수를 늘릴 수만 있다면 외계행성에서 살고 있는 아구아를 기하급수적으로 늘려 지구행성 안에서도 쉽게 볼 수 있었다. 아구아의 생식기에 정자를 줄줄이 삽입한 탓인지 현미경으로 내비친 아구아의 뱃속에는 삽입된 알들이 규칙적으로 일렬의 배열을 만들어 내고 있었다.

파충류의 뱀과와 아구아가 혼합된 파충류가 세상에 태어날 수만 있다면 동물의 이름을 도롱뇽이라고 부르기로 했다. 도롱뇽의 알들을 뱃속에 품은 어미 아구아가 알을 품는 기간 내내 비가 천천히 내리기 시작했다. 비는 그칠 생각이 없는 듯 끊임없이 내려 장마철이 시작됐음을 알렸다. 여름이 일찍 시작되려는 것인지 수증기의 양과 온도 상승으로 집 안 방바닥은 습기와 곰팡이가 피어나기 시작했다. 더위의 기승이 가실 줄 모르는 듯 온몸에는 땀이 줄줄 흘러나오고 있었다. 꿉꿉한 냄새가 단칸방을 지배하자 지미의 기분의 온도마저 저기압으로 떨어지고 있었다. 일정치 않은 온도와 축축한 습도로 인해 회생력과 살생력이 뛰어난 아구아의 움직임이 둔해지자 지미는 변수를 줄이기 위해 집안의 온도를 일정 온도로 유지했다.

지미가 연구하다 자연으로 돌려보낸 아비 뱀과 어미 아구아가 평생 만나지 못하는 슬픔을 나타내는 듯 온종일 쏟아지는 비를 보며,

부부가 만나지 못하는 슬픔을 장마철이 시작되었다는 것으로 표현하는 듯했다. 오직 빗소리만이 양들의 침묵을 깰 뿐이었다.

몇 달이 지나고 아구아는 뱃속에 품은 도롱뇽들을 낳기 시작했다. 도롱뇽의 몸 색은 흙색 바탕의 짙은 둥근 무늬가 어지럽게 자리해 있었다. 양 눈이 어미보다 튀어나왔으며 아비인 뱀의 유전자가 조금 더 들어갔는지 머리의 길이와 몸통의 길이는 아구아보다 더 길었으며 몸집이 더 컸다. 피부는 매끈했으며 촉촉했고 움직임이 거의 없으며 양쪽 아가미로만 숨을 유지해 호흡이 꽤 긴 편이었다. 짧은 다리는 조밀하게 잘 발달되어 있으며 옆에서 보면 눌린 듯 납작했다.

한 번에 많은 알을 줄줄이 낳은 탓일까 갑작스레 늘어난 도롱뇽들을 보자 피곤함이 한꺼번에 몰려왔다. 수많은 도롱뇽이 징그럽게만 느껴졌다. 더 이상 이 개체 수를 늘리는 연구를 붙들고 있을 이유가 사라졌달까 비 온 뒤 풀잎에 붙어 있는 달팽이가 잠시 머물다 사라지듯 지미는 창문을 열어 수 없이 열정을 쏟았던 아구아와 도룡뇽들을 창문 밖으로 한 번에 쏟아내 버렸다. 그렇게 수많은 변이된 염색체들을 떠나보내니 마음이 홀가분해졌다. 좁디좁은 우물을 떠나 그들은 스스로에게 알맞은 은식처를 찾아 생물이 살아가는 자연 생태계의 한 파충류로 자리 잡기를, 어두운 그림자를 떠나 새 출발을 할 수 있기를 바랄 뿐이었다.

10. 무산

궤도 행성의 중심에서 25번째 인공위성에 도착했다. 본래의 계획은 목성에 도착해 장기간 그곳에 정착해 목성에서만 얻을 수 있는 유기물들과 농축된 우라늄을 활성화시켜 적은 규모의 핵실험을 할 예정이었다. 그러나 궤도 행성에 떠 있는 인공위성이 연달아 격추되자 모든 계획은 무산되었다. 우주탐사선에 실린 농축 우라늄과 함께 안전하게 지구행성으로 돌아가는 것이 최종 목적이 되었다. 조종사 아티커스와 부조종사 펠틱은 안전하게 돌아가 가족을 볼 수 있을 거라는 데에 기대를 걸었다. 이들은 조금이라도 시간을 지체할 수 없었다. 탐사선 내부에는 하루 두 끼 먹을 수 있는 1000일 치의 식량과 1톤의 물이 존재했다. 먹지 않아도 포만감은 가득 찼다.

성과가 없이 돌아가야 한다는 생각에 모든 일원의 기분은 저조했으며 엄숙했다. 그 누구도 농담을 건네기 어려울 정도로 조용했다. 헛되지 않은 노력은 없다고 그들은 스스로를 위안했다. 23번째 인공위성에 도착하고 기압이 안정되자, 조종사 아티커스는 속도를 올려 지구에 더 빨리 도달하기 위해 탐사선의 중량을 가볍게 만들기로 결정했다. 1000일 치의 식량 중 절반을 우주 밖으로 내다 버리자 블랙홀은 기다렸다는 듯 잽싸게 500일 치의 식량들을 빨아들였다. 순식간에 회오리가 일며 대량의 비상식량이 그 어딘가로 증발해 버렸다. 필요 이상의 물건들은 탐사선의 중량을 무겁게 만들 뿐 쓸모가 없다는, 불필요한 그 모든 것은 탐사선 위에 존재해서는 안 된다는 강력한 인식을 심어 주었다.

로켓이 2단 분리하면서 생기는 가속처럼 탐사선에 속도가 붙기 시작하자 시몬은 조종사의 바른 판단과 결정에 고개를 끄덕거렸다. 앞으로 지구에 도착하는 날을 일수로 계산하자 정확히 98일이라는 기간이 소요되었다.

NASA에서는 말틴 1호가 23번째 인공위성에 좌표 지점을 찍자 긴급회의가 열렸다.

[NASA 사무국]

"사무국장님 정확히 120일 이후 말틴 1호가 지상에 도착한다는 연락을 받았습니다."

"예상보다 더 일찍 도착할 수도 있을 겁니다."

"그런가요?"

"앞으로 지구까지 도착하려면 최장 2만 마일이 소요될 겁니다."

"아티커스는 베테랑 파일럿입니다. 그들은 쓸데없이 시간이 지체되는 것을 허용치 않을 겁니다. 기필코 이동 시간을 줄일 겁니다."

"만약 그들이 지상에 온다면 무엇을 대처하는 방안으로 할까요?"

"아무런 결과를 얻지 못했으니 탐사선 내부에 있는 농축된 우라늄을 아마 지상에서 터뜨리지 않을까 싶네요."

"지상 말입니까?"

"원래 계획대로라면 목성에서 핵실험을 했어야 할 연구들이 지상에서 계속되지 않을까 합니다."

"그럼 국민들은 어떻게 이해시킬 겁니까?"

"유감이지만 국민들이 알 수 없게 쥐도 새도 모르게 진행해야 할 겁니다."

"대통령은 전기 풍력 발전기가 있는 발전소에서 터뜨리는 것을 아마 염두에 두고 계신 듯합니다."

"전기 풍력 발전소요?"

사무국장이 대형 화면에 펼쳐진 지도의 한 부분을 가리키며 말했다.

"네. 이쪽 지역입니다. 그곳에서 작은 폭발이 일어났다고 한들 국민들은 아마 전력에 문제가 생겨 불편함을 다소 겪을 뿐 핵실험이 일어났다고 절대 예상하지 못할 겁니다."

"그것은 국민들을 조롱하는 거 아닙니까?"

"이전 테스트가 이미 끝났던 우라늄입니다. 큰 규모로 폭발이 일어나지는 않으니 걱정하지 않으셔도 될듯합니다."

"기자들은 어떻게 할 겁니까?"

“기자회견을 열어 발전소에서 탐사선이 격추되었다고 보도해도 괜찮을 것 같습니다만…?”

“뛰어난 농담을 하고 계시네요.”

“별다른 대처 방안이 없을 듯합니다.”

“중요한 것은 그들이 목성에서 핵실험을 하지 못한 채 NASA로 돌아온다는 겁니다.”

“만약 전기 풍력발전소가 터지게 된다면 당분간 한국에 있는 모든 전력소가 전기를 끌어모으는 데 시간이 다소 걸려 전 국민이 전기를 쓰는 데 불편함을 겪을 것이며 모아 두었던 전력의 양이 부족해 전기 끊김 현상이 발생할 것으로 예상합니다. 그것은 어떻게 해결하실 생각인가요.”

“이미 대통령께서 지시를 내린 사항입니다. 민방위 훈련을 하듯 저녁 10시 이후에는 전국에 있는 차단기를 내려 전기를 사용하지 못하도록 할 방침입니다.”

“우리나라가 미국도 아니고 저녁 10시면 전기의 사용을 금기한다는 것은 너무 억압된 지시사항이 아닌가 싶네요.”

“모든 법안 사항이 그렇듯 처음에는 모든 국민들이 불편함을 느낄 겁니다. 하지만 이것은 점차 미국의 사회주의가 반영되듯 10시 이후 사람들은 외출을 삼갈 것이며 일찍 잠자리에 들게 되겠지요.”

“제 생각에는 이 제도가 후에 좋은 결과를 가져다줄 것 같습니다.”

“우리나라에만 존재하는 야근도 없어지겠네요.”

“한국사회는 아직까지 너무 퇴보되었습니다. 늦게까지 사무실에 남아 줄곧 제자리를 지켜야 한다는 한국 회사만의 고정된 관념을 깨는 최초의 시도가 아닐까 합니다. 회사의 운영체계도 잡히겠지요."

"회사를 운영하는 많은 이들의 동의는 필요 없을까요?"

"이것은 국가의 법안 사항입니다. 중대한 사항이기에 회사 개개인의 동의를 얻을 수는 없을 겁니다. 또한 악성 질환 1등급으로 분류된 탄저병으로 인해 사람들의 이동 거리와 외출이 제한되어 10시 이후 모든 전기를 차단하는 것에 큰 불편함을 느끼지 못할 겁니다."

"그럼 폭파된 전기 풍력 발전소를 복구하는 데 걸리는 시간은 얼마나 소요될 것 같습니까?"

"최대 두 달을 생각하고 있습니다."

"좋습니다."

"아니면 핵실험하는 것을 뉴스로 최초 공개하는 것은 어떨까요?"

"우리는 아직까진 사회주의입니다. 그것은 군력을 제일 우위로 두는 공산주의로 간다고 공대 발표하는 것과 같은 이치입니다."

"우리나라는 여전히 이렇게 국민들을 조롱하고 있습니다. 더 이상 둘러대는 것은 국민들에게 씨알도 먹히지 않을 겁니다."

"씨알이 먹히든 안 먹히든 우리는 이 모든 것을 비밀리에 진행할 겁니다."

"그러니까…."

"이 모든 것이 각 나라의 수평을 이루는 일입니다. 핵실험이 순조롭게 진행되길 바랄 뿐이죠."

"탐사선이 무언가의 충돌로 인해 파손될 경우 이 계획도 물 건너간다는 것 잘 알고들 계셔야 할 겁니다."

"결국 이 계획도 탐사선이 지상으로 안전하게 도착해야 진행되니 말틴 1호의 위치를 정확하게 파악해 도착하는 대로 계획을 순차적으로 빨리빨리 진행하는 것으로 하죠."

"탐사선이 어디에 있든 슈퍼컴퓨터에 정확하게 위치가 나타나고 있습니다."

"회의는 이상입니다."

NASA 사무국의 전 인원이 떨떠름한 표정으로 각자의 자리에서 일어났다.

[말틴 1호]

앤드로이 박사는 보안이 철저하게 유지되는 자신의 개인 컴퓨터에서 부조종사 펠틱의 비상 연락망을 찾아 통신 기기 연결에 시도했다. 이윽고 펠틱의 얼굴과 앤드로이 박사의 얼굴이 화면에 나타났다. 기기 화면을 응시하는 펠틱의 얼굴이 보이자 앤드로이 박사는 말했다.

"방금 전 NASA 사무국장이 긴급으로 소집한 회의 결과를 알려야 할 것 같아서 전화 드렸습니다."

"무슨 일이시죠?"

"목성에서 하지 못한 핵실험을 지상에서 하기로 결정되었습니다."

"어디서 이뤄진다고 하던가요?"

"북동쪽에 있는 전기 풍력 발전소에서 이루어진다고 들었습니다."

"비밀리에 진행되는 건가요?"

“정확한 사항은 아직 모르겠습니다. 그러나 탐사선에 오른 인원들은 모두 자가격리에 들어간다고 하더군요.”

“자가격리 말씀하시는 겁니까?”

“네. 달 행성에서 가져온 유기물로 연구하다 생긴 유행성 질환이 1등급 악성으로 분류되어 탐사선이 지구에 도착하는 즉시 4인은 바로 병원으로 이송될 것 같습니다.”

“저희 모두는 어떻게 되는 거죠?”

“사실상 탄저병의 증상을 치료하는 백신은 아직까진 개발되지 않았습니다. 우주행성에서 발견된 유기물로 인해 나타난 불멸화 세포의 치료 방법이 없어 많은 사람이 탄저병 초기 증상이 발견되는 즉시 소량의 마취제가 투여되어 대량 사살당하고 있습니다.”

“저희는 어떻게 해야 할까요?”

“아마 우주탐사에서 진행된 모든 일이 수면 위로 떠오르지 않을까 싶어 일단 자가격리를 무조건 시행할 것 같습니다. 이번 목성 탐사 계획이 틀어졌어도 4인은 유행성 질환의 초기 발생 위험 인물로 분류되어 바로 병원으로 이송될 것 같습니다.”

“그것을 피할 수 있는 다른 방도는 없습니까?”

“아마 없을 듯합니다. 사망자가 줄어들지 않으며 기하급수적으로 늘어나고 있으니까요.”

펠틱은 알 수 없는 불안감이 한꺼번에 몰아쳐 왔다. 지상에 안전하게 도착해 딸아이의 얼굴을 마주하기 위해 수도 없이 딸아이의 성장 과정을 머릿속으로 그려 왔다. 그러나 바로 병원으로 격리 조치 된다는 것은 생존율이 거의 없는 상황에 놓인 감염자들을 두고 시행해 왔던 모든 것들이 일반인들에게 적용되어 사람들과의 접촉을 간접적으로 막는 셈이었다.

"누군가의 조작은 아니겠지요?"

"감염자의 사망자 수가 조작된 것은 아닐 겁니다. 탐사선의 전원이 지상에 도착해 갑작스레 마주하는 상황에 제대로 대처하지 못해 의문의 죽음으로 내몰리게 되는, 그러니까 탐사선에 오른 제 가족 같은 사람들을 잃는 것을 두 눈으로 지켜만 볼 수는 없어 미리 말씀드리는 겁니다."

"저희가 어떻게 대처하면 될까요?"

"저도 그것을 같이 의논하기 위해 연락 드렸습니다. 병원으로 이송되면 탄저병의 보균자로 지목되어 새로 개발된 백신을 최초로 맞게 될 것 같습니다. 아직 불완전한 백신이죠."

"그것을 피할 방법은 없겠지요?"

"물론입니다."

펠틱은 앤드로이 박사의 진지한 말투에 심각성을 느끼고는 지구로 돌아가는 것이 올바른 선택인지 철장 우리 안에 가둔 실험용 쥐가 되어 생사의 갈림길에 놓이는 상황만은 피하고 싶었다.

"아마 새로 개발된 백신과 함께 손등에 마이크로칩을 심는다 하면 괜찮습니까?"

"마이크로칩이요?"

"네. 그것은 정부의 방침에 따라 모든 이에게 권장하는 것입니다.

마이크로칩을 이식하느냐 안 하느냐는 것에 대한 선택권은 없습니다. 정부의 방침에 불복할 수 없을 겁니다. 이미 연구소에 있는 전원이 마이크로칩을 손등에 이식했습니다. 원치 않는 이들은 연구소를 진작 떠났습니다. 탄저병으로 인해 수많은 사람이 죄 없이 죽어 나가자 연구소에 있던 몇몇 상권 위원들은 최악의 상황을 피하기 위해 도피하듯 이민을 간 상태입니다. 그것이 의문의 죽음일지라도요."

"그것은 자유를 침해하는 행위 아닌가요?"

"자유를 침해하는 행위일지라도 단체의 결속력과 통제를 하기 위해선 어쩔 수 없다고 본 거죠."

"이유가 뭡니까?"

"연구소에 있는 모든 직원이 업무 시간 완성하지 못한 실험을 마저 완수하기 위해 바이러스 샘플들을 가지고 집으로 가져가는 것이 목격되어 시작된 것 같습니다. 바이러스 샘플의 유통이 활성화되어 그 모든 것들을 통제하기 위해서죠."

"참으로 안타깝군요."

"백신을 접종할 시 마이크로칩을 손등에 이식하게 될 겁니다. 물론 선택권은 없습니다."

"아직까진 선택권이 있다고 생각합니다."

"음…. NASA를 떠나실 생각입니까?"

"고된 업무에도 모든 것을 견뎌 왔습니다. 이제는 사무국과 이별을 고하고 가족들과 함께하는 시간을 선택해야 할 시기라는 생각이 듭니다. 세상과 작별할 시 가족들과 있는 것만큼 소중한 것은 없다고 생각합니다. 나라의 개가 되느니 차라리 이 나라를 뜨는 것이 현명한 선택이지요."

"많은 고급인력들이 나라를 떠나자 대통령은 나라 간의 출국과 입국을 막은 상태입니다."

"이식된 칩은 아마 동물의 목 뒤에 이식되는 것과 비슷한 원리일 겁니다. 한국 동물보호 관리 시스템에서 동물을 관리하는 것과 같은 이치인 셈이지요."

"저도 익히 들어왔던 부분이라 그 부분에 대해서는 할 말이 없습니다."

"우주 대기권 밖으로 벗어나 임무를 완수해야 된다는 것이 가장 큰 목표였는데, 이제는 돌아갈 곳마저 안전하지 않다는 생각이 드니 앞으로 어떻게 해야 할지 모르겠습니다."

"마음을 단단히 먹고 오셔야 할 것 같습니다."

"감사합니다. 전달받은 사항은 팀원 모두에게 잘 전달하도록 하겠습니다."

"팀원을 대표해 대변할 어느 정도의 시나리오는 단단히 준비하고 오셔야 합니다."

"알겠습니다."

"이상."

박사와 펠틱의 대화가 끊어지자 좌측에 앉아 있는 아티커스가 말했다.

"저쪽 인공위성을 통과하고 나서 빨리 좌회전으로 방향을 틀게."

"몇 번째 인공위성입니까?"

"21번 인공위성에서 왼쪽 방향으로 틀고 저쪽 지점에서 바로 하강할 걸세."

"예스."

어둠에서 보이던 한 줄기의 빛과 희망이 열게 사라지며 따뜻한 가족의 품으로 돌아갈 수 있다는 안락함마저 끊어지는 듯했다. 미지의 세계 블랙홀로 빨려 들어가 흘러가는 시간의 타이머를 잠깐이라도 멈추고 싶었다. 미래를 잠시라도 엿보고 오고 싶었다.

적막한 침묵이 흐르고 아티커스가 말했다.

"실은 NASA의 도착지점으로 도착해야 할 필요가 없어. 그저 탐사선이 지구의 해변가 어딘가에 제대로 착지만 한다면 차라리 그곳에서 농축된 우라늄으로 협상을 봐 편안한 노후와 여유를 즐기는 게 현명해."

"기껏해서 살아남은 이후 남은 생을 사무국이 지정해 준 병원에서 취조와 질문으로 헛되이 보내고 싶지 않습니다."

이들은 병을 얻지 않은 상태에서 발생할 수 있는 의문의 죽음은 피하고 싶었다. 지상에 도착해 사망자의 수가 네 명 더 증가하는 꼴은 보고 싶지 않다는 뜻이었다.

"잘하면 북아일랜드로 갈 수도 있을 거야."

"괜찮을까요?"

"미친 게 아닌 이상 돌아가서 의문의 격리와 취조를 당하는 것보다는 낫겠지."

"어떤 선택이든 우리를 죽이려 들 거예요."

"그러니까."

"탐사선이 완전히 하강한 이후 다음 계획은 무엇이죠?"

"일단은 많은 변수가 있으니 천천히 생각해 보게. 북아일랜드로 간다면 가족과의 만남은 잠시 미루는 게 현명하다는 거야."

"앞으로 가족을 영영 만나지 못한다면 어쩌죠?"

조종대를 놓고 있던 펠틱이 긴장이 가득 한 표정을 지어 보이며 말했다.

"오늘 죽으면 그 또한 무슨 소용인가?"

메인 조종사 아티커스가 허탈한 웃음을 지어 보였다.

"지상에 도착하면 우리를 미친 사람 취급할 게 분명해. 어떻게든 틀 안에 가둬 둘 걸세. 그곳이 감옥이든 병원이든 갇히는 상황은 피할 수 없을 거야. 여기 있는 농축된 우라늄만이 우리를 여태까지 살려 둔 이유겠지."

"앤드로이 박사가 했던 말들이 어떤 뜻을 포함한 것인지 아직 이해하기 힘들어요."

"선과 악이 별다른 뜻이 있을까? 현실은 없어. 내게 필요함과 그 이상을 뛰어넘으면 불필요해지는 것이지."

"그 기준의 평가는 누가 하는 걸까요? 그것이 정말 도덕적인 행동일까요?"

"선은 내 사람을 높게 평가하고 인정하는 것이고 악은 분열이 일어나기 전 배척하는 거지. 사회의 규율에서 불멸이 있다는 것을 인정하고 바뀌지 않는 사회의 계급은 받아들이고 서로 간의 규율을 지키는 거지. 여태까지 일어난 의문의 죽음들은 사회의 규율이 어긋나기 전 필요에 의한 도덕적인 행위를 가하는 거야."

"도덕적인 행동이요?"

"기준에 따라 법을 심판하는 일이야. 세상 사람들의 모든 입을 틀어막고 신의 심판 아래 있게 두는 거지."

"누구를 두고 신이라 칭할까요?"

"신은 평생 죽지 않고 살아가는 불멸의 존재를 신이라고 말하지."

"불멸이 있다는 것을 인정하는 게 저는 이해가 안 되네요."

"관념론 중 하나로 감각적인 세계에 정신의 혼이 깃들어 신이 있다는 것을 인정하는 거야. 그것이 곧 불멸이지. 능력 있는 박사들이 불멸의 힘을 내세워 불멸화 세포를 한창 연구하다 내다 버린 실험체들로 인해 탄저병이 탄생하고 인구의 절반이 대량으로 학살된 거야."

"인구수가 적은 나라는 결국 멸망하지 않을까요?"

"나라를 한참이나 떠들썩하게 만들어 무언가를 꾸미고 있는 거겠지."

"잠잠해지지 않은 나라를 저희가 보유한 핵으로 모든 책임을 다 떠넘길 수 있는 좋은 기회인 셈이네요."

"그러게 말이다. 가족들과 최소한의 작별인사도 하지 못하고 생을 마감할 수도 있었다는 것을 나는 시몬을 보며 느꼈네. 우리가 동면에 든 순간부터 인공위성이 연이어 격추되었다는 것은 우리의 탐사선을 노리고 접근한 또 다른 비행체가 탐사선 근처를 맴돌고 있었다는 거야. 너와 난 혼을 다해 탐사선에 있는 핵을 안전하게 지상까지 운반하는 데 노력해야 해. 난 여기에 오른 모든 인원과 함께 우주를 탈출해 자유를 얻고 싶거든."

"저희가 항로를 바꾼 것을 NASA가 눈치채지 않았을까요?"

"일시적으로 교류를 차단하면 탐사선과의 통신이 불가능해져. 그들에게 둘러댈 수 있는 시간적 여유는 만들어 낼 수 있지. 우리는 이쪽 지점, 블랙홀이 가장 강한 기운을 나타내는 저쪽 지점에서 중력을 이용해 속도를 올릴 거야."

아티커스가 화면에 나와 있는 행성의 좌표 지점 중 연두색 불이 깜빡깜빡 떠오르는 곳을 가리키며 말했다.

"가속하여 달리신다는 말이죠?"

"그래야만 해."

"탐사선이 파괴될 가능성은 없겠죠?"

"말틴 1호는 핵을 실은 만큼 외부의 영향을 받을까 하여 여태껏 중 제일 견고하게 만들어졌어. 그건 걱정하지 않아도 될 거야."

"알겠습니다."

말틴 1호는 표준적인 목적지의 항로를 최단 시간이 소요되는 항로로 바꾸어 연두색 불이 비치는 좌표 지점으로 방향을 틀어 속도에 가속을 올리기 시작했다. 탐사선에 속도가 붙자 아티커스는 엔진의 시동을 끄고는 가속을 더했다.

[NASA 사무국]

사무국 중앙 전면에 크게 놓여 있는 슈퍼컴퓨터 화면에 떠 있던 말틴 1호의 행적이 감쪽같이 사라졌다. 인공위성 네트워크 구축에 에러가 생긴 것인지, 컴퓨터의 전달 속도가 늦는 것인지 좌표 화면에 떠 있던 탐사선이 갑자기 사라지자 사무국에 있던 전 직원들은 우왕좌왕하기 시작했다.

20번대 인공위성이 격추되었는지 말틴 1호와의 통신이 단절되자 사무국의 고급인력 해커는 개인용 컴퓨터로 20번부터 25번까지의 인공위성을 단독적으로 연결을 시도했다. 하나의 인공위성에 연결하려면 최소 10분의 시간이 걸렸기에 NASA의 사무국장은 사라진 탐사선을 보며 발을 동동 구르기 시작했다. 슈퍼컴퓨터의 정지된 화면을 보고는 도무지 알 턱이 없다며 화가 난 큰 소리로 말했다.

"탐사선 2호를 바로 쏘아 올리자고 했던 말 기억하시나요?"

"기억합니다."

에이든 박사가 말했다.

"지금 상황을 보세요. 말틴 1호는 문제가 많습니다. 갑자기 항로를 바꾸더니 자취를 감췄는데 이 상황을 어떻게 해결하실 겁니까!!!"

탐사선의 우주 항로를 관여하는 임원이 나서며 말했다.

"이건 예상치 못한 일인데요?"

여직원 헬름이 의아스러운 표정을 지어 보이며 말했다.

"말틴 1호는 일부러 항로를 바꾼 겁니다. 도착 예상을 보다 더 앞당기기 위해 조종사 아티커스와 부조종사 펠틱의 공통된 의견에 의해 항로를 갑자기 바꾼 것이죠."

앤드로이 박사가 말했다.

"말틴 1호에는 핵을 완성시키는 농축된 우라늄 물질이 들어 있습니다. 그들이 항로를 고의로 바꾼 것이라면 충분히 고려하고 행동한 게 맞겠지요?"

"그 핵 물질 때문에 더 걱정입니다. 핵 물질을 안전하게 지상으로 가져오지 못한다면 무슨 의미가 있겠습니까?"

사무국장이 말했다.

그러자 앤드로이 박사가 말했다.

"탐사선에 오른 4인은 어떻게 생각하십니까? 그들의 안전이 최우선이지요."

"탐사선이 지상으로 도착해 핵 물질이 안전하게 운반된다면 팀원 전부가 안전하다는 뜻이지요."

"핵 물질이 그들의 발목을 잡는다면 저라면 기꺼이 핵을 포기한 채 탐사선만을 갖고 안전하게 지상으로 돌아올 것 같습니다. 그들은 이 선택을 하지 않겠지만요."

헬름의 정곡을 찌르는 말에 사무국 내부에 있던 모든 사람들은 차마 고개를 들지 못했다.

"핵을 포기하든 안 하든 결국 지상에 도착하면 그들의 목숨은 한낱 지렁이의 목숨과 같은 것 아닙니까? 언제라도 지나가는 발걸음에 차여 몸이 터질 듯 모두가 4인의 목숨을 너무 가볍게 여기는 것 아닙니까?"

앤드로이 박사의 말에 사무국장이 할 말을 잃은 듯 등을 돌렸다.

"그럼 지금이라도 말틴 2호를 쏘아 올리자는 의견에 대해서는 어떻게 생각하십니까?"

"NASA에 있는 모든 사람들이 동의할 게 분명합니다. 그러나 지금 쏘아 올린다 한들 예상된 계획보다 지체되어 제2탐사선이 목성에 도착할 날은 지금으로부터 2년이란 시간이 소요됩니다."

"제2탐사선을 쏘아 올린다 한들 얻는 것은 결국 아무것도 없을 겁니다. 현재 달 탐사 때 가져온 샘플들을 이용해 불멸화 세포를 만드는 데 성공해 인구의 절반 이상이 핵을 날린 듯 감쪽같이 사라졌습니다. 인구수를 줄이기 위한 것이 목적이었다면 이미 정부의 계획은 성공한 셈입니다. 목성에서의 적은 규모로 시행되는 핵실험을 위해 말틴 1호를 쏘아 올렸지만, 핵을 실은 말틴 1호는 지금 자취를 감춘 상태입니다. 이것을 염두에 두시기 바랍니다."

"말틴 1호는 결국 핵의 규모를 줄이거나 늘리는 기술력 정도를 판단하기 위해 쏘아 올린 셈이 되네요."

"그렇다고 볼 수 있죠."

"그럼 말틴 1호에 오른 팀원들의 안전은 거의 배척되었다고 봐도 무방한 상태입니다. 안전하게 돌아온다는 가능성이 희박한 가운데 선택은 그들의 몫이지요. 이제는 기술력의 시대가 아닌 세포의 이상 병변을 갖고 치료할 수 있는 바이오의 시대가 됐습니다."

"말틴 1호는 타 인공위성과 함께 격추되었을 가능성도 있다고 봅니다."

"말틴 1호에 오른 팀원들 전부를 잃었을 확률이 꽤 높다고 봐야겠죠."

"현재 이 모든 것이 탐사선에 오른 전원의 목숨을 가볍게 여기고 농락하는 것과 무엇이 다릅니까?"

"원래 위험한 현장에서 일하는 사람들의 수명을 갖고 이렇다 저렇다 논할 수 없습니다. 오래 산다 한들 비정상적인 장애 현상이 도드라지게 나타나는 그들의 노후를 정부는 책임지지 않죠."

"팀원 모두가 죽었다는 가정하에 저희는 이제 무엇을 다음 목표로 해야 할지 생각해 보셨습니까?"

바이든 박사가 침착하게 말했다.

"새로운 것만을 생각해야 하죠. 지나간 일을 회상하기엔 이번 타격이 너무나 큽니다. 이 나라의 미래만을 떠올리며 앞으로 나아가야 합니다."

"맞는 말입니다."

"실은 모든 나라가 우리나라는 단독적으로 행성 탐사가 불가능할 것이라고 했습니다. 자신 없는 일에는 손을 떼는 게 맞다는 판단이 듭니다. 앞서 제2탐사선을 쏘아 올리자는 의견이 분분한 가운데 탐사선 출발 시 불발로 인해 폭발될 가능성도 무시할 수 없습니다. 폭발할 경우 나라의 위상이 추락하는 것은 시간문제입니다."

"슈퍼컴퓨터 화면에 탐사선의 좌표가 표기되어 있지 않는다는 것은 다른 탐사선으로 인해 폭파되었거나 격추되었다고 봐도 무방하죠. 탐사선을 연속적으로 쏘아 올리는 행위는 나라의 국보를 왕창 까

먹는 일로밖에 보이지 않습니다. 세상이 잠잠해질 때쯤 천천히 제2탐사선을 쏘아 올려도 문제가 없단 말입니다."

"저희가 자신 있었던 일이 뭐가 있었습니까? 그저 모든 것에 기대를 갖고 시도하고 도전하는 겁니다."

"현재 상황에서는 무리수입니다. 많은 교육을 받고 탐사선에 오른 베테랑들의 바로 뒤를 쫓는 어떤 집단에 의해 암묵적인 살인이 일어났다면 새로운 탐사선을 쏘아 올린다고 한들 그것은 우리나라 인재의 인력을 낭비하는 것과도 같습니다."

"확률에 따른 효과적 선택만을 보지 말고 결정적인 부분을 캐치해 분석을 좀 해 보시기 바랍니다."

"새로운 계획에 따른 모든 지출 내역은 정부가 허가한 부분입니까?"

"아직 통과된 사안은 아닙니다."

"우리는 주어진 조건 내에서 가장 효율적인 방법을 선택해야 하는 것이지 우리 맘대로 지출 내역을 조정할 수 있는 것은 아닙니다."

"크고 복잡하게 생각하실 필요 없습니다. 결국 현 상황은 모든 것이 실패했다는 뜻이죠."

"말틴 1호가 화면 좌표 위에 표기될 때까지 저희는 두 손 놓고 기다려야 하는 상황입니까?"

"그런 셈이죠."

바이든 박사가 떨떠름한 표정을 지어 보였다.

"탐사선의 위치가 컴퓨터 화면 위에 정상적으로 표기될 때까지 각자의 자리에서 하던 임무나 마저 합시다. 모두 이만 각자의 자리로 돌아가 주시기 바랍니다. 헬름, 말틴 1호와 끊임없이 통신의 연결을 시도해 주게."

사무국장이 말했다.

"알겠습니다."

헬름이 대답과 동시에 마우스를 오른손에 살짝 쥐었다. 말틴 1호가 사라진 행성궤도의 좌표 지점을 확인하며 가까운 인공위성에 연결을 시도하는 중이었다. 조용한 사무국 안 마우스의 연속적인 딸-각 소리가 크게 들리자 앤드로이 박사는 말했다.

"저는 이만 박사 자리에서 물러나겠습니다."

"자리에서 물러난다니, 박사직에서 해임하시겠다는 뜻입니까?"

"그렇습니다."

"탐사선에 오른 전원의 생사가 걱정되는 것은 모두가 같은 생각입니다. 아직 NASA는 박사님이 필요합니다. 해임하시겠다는 말씀은 못 들은 것으로 하겠습니다."

NASA의 사무국장이 말했다.

[탐사선 안]

"오, 환상적이야. 저 지평선 보이나?"

"지평선 근처에 붉게 빛나는 무언가가 떠다니네요."

"저 붉은 것들이 지상에서 올려다보면 별이 되고 무수한 별들이 모여 별자리가 된다네."

"정말 아름다워요. 하늘의 이정표가 지상에서는 별자리로 나타난다니…."

"언제나 구경할 수 있는 것은 아니지. 이렇게 엔진을 끄고 조용한 상태에서 구경한다는 것은 무지를 경험하는 것과 같아."

"저도 이렇게 엔진을 끄고 가속이 붙은 상황에서 운전하는 경험은 처음 해 보는 것 같습니다."

"아무한테도 알려 주지 않은 운전방식이야. 시도 또한 처음 해 보는 거고. 최후의 상황에서 사무국이 우리를 지켜 줄 수 없는 경우를 대비해 떠올린 발상이지."

"경로도 난잡하지 않고 깔끔한데요?"

"그렇지. 이 위치에서 자연스레 하강하면 아일랜드섬으로 도착할 거야."

"아일랜드섬이요?"

"맞아. 해변으로만 이루어진 아름다운 섬이지."

"그곳에 가 본 적 있나요?"

"이전 외국에서 항해사를 할 때 잠시 거쳐 갔던 곳이야. 사람이 아무도 없는 울창한 숲과 에메랄드빛이 살짝 도는 해변이 있는 멋들어진 섬이지."

"기대되는 걸요?"

"나만 믿게."

펠틱이 기대에 찬 표정으로 운전대를 양손으로 굳게 쥐었다. 아티커스가 하얀 이를 드러내며 멋들어지게 웃어 보였다. 가장 자신 있을 때 나오는 표정이었다. 이들은 앞으로의 우주탐사는 두 번 다신 없을 거라 생각하며 현실을 받아들이고 운전에 모든 것을 맡기며 스릴 그 자체를 즐기기로 했다.

[연구소 사무실 안]

케이티는 갑자기 사라진 베네딕트 박사의 연구 자료들이 난잡하게 방치되어 있는 것을 지켜만 볼 수는 없었다. 혼자 있는 사무실의 규모가 꽤 된다는 것을 이제야 느끼다니 헛웃음이 나왔다. 네 명이 사용하던 사무실을 혼자 사용하게 될 줄은 예상치 못했다. 빠르게 흘러가는 시간 속 정말 많은 일이 일어난 듯했다. 박사의 뒷마무리를 하며 빠듯한 하루를 이어가며 하루의 반나절이 세상에 잠길 때쯤 잠시나마 즐기던 에스프레소 한 잔이 떠올랐다. 흉흉한 세상, 집으로 돌아가는 퇴근길마저 두려워 사무실 안에서 침낭 하나로 몇 날 며칠 잠을 꼬박 새울 정도로 많은 이들의 뒤쫓는 시선이 이제는 두렵기만 했다.

적막한 저녁 매번 느끼는 이 고독조차 인생의 큰 배경에서 한 부분의 일부를 맞추듯 그저 잠시 거쳐 갈 감정의 파노라마라는 생각이 들자 그 누구도 따라올 수 없던 베네딕트 박사의 인내력과 천재성이 떠올랐다. 연구에 쫓겨 여자친구 한 번 제대로 만날 시간조차 없었던 시간의 억압된 굴레에서 풀려날 기회를 준 지미에게 그저 감탄사를 연발할 수밖에 없었다.

자신을 여태껏 이끌어 왔던 선배는 자신을 뒤따르던 후배의 실험체 결과물의 사회적 파장으로 인한 논란거리를 피하기 위해 사라졌고 불멸화 세포의 샘플을 얻어다 집에서 실험을 시도한 노아는 결국 의문의 죽음을 피할 수 없었다. 연구소 사람들의 소문에 의하면 변이된 탄저병의 바이러스로 인해 죽음을 면치 못했다고 한다. 그러나 소문은 무성할 뿐 시체를 부검하기 전까지는 확실한 사고의 원인을 규명하기는 어려웠다. 잠을 자듯 편안한 표정으로 누워 있는 노아의 변사체를 처음 발견한 경찰들은 불멸화 세포로 인한 원인 모를 죽음이라는 결론을 내렸다. 사망 원인이 확실하지 않아 유족들이 하나같이 시체를 훼손시키지 않고 이른 시일 내 장례를 치룰 수 있도록 하자는 데 입을 모았다고 한다. 검사가 시신을 확인한 후 부검을 하기에는 변사체에 남아 있는 있는 탄저병의 바이러스가 급속도로 퍼져 피부에 검정 궤양을 만들어 내기에 유족들은 빠른 화장을 원했다고 전해 들었다. 원인 모를 죽음이라는 이유로 시신을 아무렇게나 훼손하는 것은 죽은 사람에 대한 예의가 아니라며 유족들은 노아를 편안한 마음으로 떠나보내었다.

기자들의 잦은 소음공해로부터 벗어난 이후 더위가 기승을 부렸다. 사무실의 창문을 활짝 열어 밤공기가 주는 특유의 진한 내음을 느꼈다. 정해진 거처도 없이 마음속에 이리저리 떠다니는 빈곤 상태가 나쁘지만은 않았다.

우울한 감정을 끊어 낼 수 없던 케이티는 연구소 사무실의 옥상으로 올라갔다. 옥상 한 편에 자리한 테라스 자리에 서서 시원하게 쏟아진 비가 걷힌 밤하늘을 올려다보았다. 수많은 별이 여름밤을 아름답게 메워 주고 있었다. 미세 먼지가 모두 걷힌 깨끗한 밤공기를 폐

속 깊이 힘껏 들이마셨다. 그리고 다시 내뱉었다. 그것을 반복하다 서쪽 밤하늘에 가장 밝게 떠 있는 별자리를 손으로 따라 그려 보았다. 마치 엄마가 수놓은 십자수처럼 간결하고 깔끔한 별자리가 보이자 케이티는 핸드폰을 켜 날짜를 확인해 보았다. 벌써 음력 7월 7일이 됐음을 알게 되었다.

흐르는 시간과 날짜에 한참이나 무지한 스스로를 자책하며 낭만이 있기나 한 건지 칠월 칠석 견우와 직녀가 만나는 날의 뜻을 떠올렸다. 서로를 끔찍이 사랑하지만 은하 궤도 위 지평선의 다리가 놓이지 않아 서로 만날 방도가 없어 사랑의 회포를 풀지 못하고 그것을 안타깝게 지켜본 까마귀와 까치가 몸을 희생해 은하에 다리를 만들어 준 전설 속 견우와 직녀의 이야기. 은하수에 놓인 오작교를 건너 일 년에 한 번 만나는 견우와 직녀는 회포를 마음껏 풀게 되었다. 그러나 사랑의 회포를 다 풀기도 전, 날이 밝아오며 다시 서로가 있어야 할 자리로 돌아갈 시간이 되고 두 사람은 이전처럼 만날 수 없는 긴 고독의 시간을 보내게 되었다. 일 년이 지나고 7월 7일 날이 되자 붉은 해가 지고 저녁 비가 늦게 내리기 시작해 끊임없이 내렸다.

기다린 시간 끝에 상봉한 기쁨의 눈물인 비가 눈물을 대신하듯 쏟아져 내리고 그 비가 걷히고 난 그날 저녁, 어린 시절 아버지가 어김없이 기다란 천체 망원경을 들고 아파트 옥상으로 올라가 밤하늘에 떠 있는 별자리를 보여 주었던 기억이 떠올랐다. 바삐 퇴근한 아버지를 맞이해 저녁상을 준비하던 어머니의 얼굴도 흐릿하게 떠올랐다. 그 시절 식지 않은 밥공기의 온기와 집 안 거실을 가득 채운 음식 냄새. 셋이 둘러앉아 오순도순 밥을 먹던 그때의 기억이 어렴풋이 추억을 떠올리게 했다.

아련한 추억도 잠시 바람에 휩쓸리는 화단의 화초들을 보며 쌀쌀한 바람이 피부를 날카롭게 스치자 케이티는 옥상의 비상문의 문을 열고 빠르게 계단을 내려왔다. 너무 조용한 탓인지 바삐 내려온 발걸음의 소리가 메아리치듯 크게 울려 퍼졌다. 사무실로 돌아와 침낭에 몸을 뉘었다. 잠을 청하려 굼벵이 같은 몸을 이리저리 뒤척여 보았지만, 쉬이 잠이 오지 않았다. 한참 오래전 피웠었던 니코틴이 간절해져 왔다. 연구소에 입사하기 전 사람들의 기대심에 부응하지 못한다는 부담감으로 인해 잠시나마 몰래 피웠던 담배 한 개비가 이렇게 소중한지 새삼 느끼게 되었다.

사무실 안, 네 명 모두가 존재했을 때를 떠올렸다. 실험용 쥐들로 가득해 쥐가 지린 누런 오줌이 박스에 엉겨 붙어 지린내가 가득했던 그 시절 참지 못해 줄담배를 피우던 그때, 이 적막한 공간을 그윽하게 메워 줄 수 있는 것은 오직 그 담배 한 개비만이 전부였다.

사무실에서 몇 날 며칠 잠을 지새우며 좋은 습관 하나가 생겼다. 창문으로 뜨겁게 내리쬐는 밝은 햇살이 아침을 일찍이 맞이하게 해주었다. 하루가 저물고 새벽녘 날이 밝아 오자 굼뜬 몸을 일으켜 창문을 열고는 신선하게 부는 살랑대는 바람이 코끝에 다가와 반갑게 인사해 주었다. 일반 사람들이 사는 세상과 이곳은 마치 둘로 나뉜 듯 넘을 수 없는 높은 담을 사이에 두고 있었다. 남들이 여유롭게 기나 긴 휴가를 보내는 시간 동안 사무실에서 홀로 지새우는 갈 곳 없는 이 시기, 몰래 길거리로 나가 지나가는 행인들을 맘껏 구경하고 싶었다.

멈춰 있는 시간의 유행에 뒤처지지 않기 위해서는 젊은 사람들을 끊임없이 관찰해야만 했다. 가끔은 아무것도 하지 않는 하루를, 무의미하게 흘려보내는 것이 어떤 느낌일까 궁금해지기도 했다. 속박의 굴레에 갇힌 이 같은 공간에 있는 자유도 나쁘지만은 않다고 스스로를 다독여 보았다.

[탐사선 안]

조종사 아티커스가 자유의 시간을 얻은 듯 아이 같은 천진난만한 표정을 짓자 펠틱은 심오한 표정으로 아티커스를 쳐다보며 말했다.

"혹시 해양법에 대해 잘 알고 계신가요?"

"해양법?"

"네. 저희가 해변에 착륙하는 직후 바로 그 나라의 해양법이 적용되어 저희 팀원 모두가 조사받는 것은 지상에 도착해 심문을 받는 것과 다를 바가 없다고 생각합니다만…."

"아일랜드섬은 아프리카가 식민지에 점령당하기 전과 똑같아. 아직까지 개발되지 않은 누구도 소유하지 않은 누구도 소유할 수 없는 해안이지."

"과연 그럴까요? 이미 시대가 많이 바뀌지 않았을까요?"

"사막의 황야에서 낙타의 무리들이 지나가는 행인을 붙잡고 의문의 취조를 하지는 않지 않나. 그곳을 지나가는 모든 사람은 그저 지나가는 행인들뿐이라고."

"제2차 세계대전 이후 국제연합으로 인해 모든 해안은 각국의 합의와 동의가 이뤄져야만 해저의 탐사 또는 개발이 가능한 것으로 알고 있습니다."

"그곳은 무인도와 같아. 사람이 전혀 살지 않는 곳과 같다고. 우리는 그곳에 정착해 살아갈 생각이지 탐사나 개발을 목적으로 가는 것이 아니야."

"그럼 천만다행이네요."

"우주에서도 물과 식량만으로 1000일을 버텨야 했는데, 물과 공기가 넘치는 곳에서 살아남지 못할 것도 없지."

"그럼 저는 모든 걸 믿고 맡기겠습니다."

"이 탐사선에 오른 이후부터는 전적으로 나를 믿고 따라야만 해. 우리의 심정을 아는 누군가는 우리를 언젠간 찾아오거나 보이지 않는 곳에서 분명 우리를 도와줄 거야. 모든 상황에서 최악의 상황만 피하면 된다고."

"우주의 고도에서 벗어나 저도로 들어가기 전입니다."

좌표를 확인한 펠틱이 진지한 표정으로 말했다. 그러자 아티커스가 말했다.

"인공위성이 네트워크처럼 구성되어 있는 관할 지역만 벗어나면 우리는 시동을 다시 켜고 낮은 고도로 날 거야."

"낮은 고도로 날게 될 경우 사람들의 눈에 띄지 않을까요?"

"모든 인구가 계속해서 하늘을 바라보고 있는 경우는 거의 없지.

우리를 발견한다면 그 사람은 천만 분의 일 같은 행운을 경험했다고 생각하면 돼."

"만에 하나 해양법이 적용되어 아일랜드섬의 해양경찰이 저희를 포위하게 되는 상황에 내몰리면 어떻게 할까요?"

"그땐 우리가 그들에게 구조요청을 시도해야지."

"아…."

"사람의 심리를 잘 이용하면 돼. 비행 물체에 타 있는 우리는 그들에게 아일랜드 섬에 추락한 불쌍한 우주탐사원으로 비칠 것이고 나사의 마크가 표기된 탐사선을 보고 우리를 구조를 기다리는 인물들로 보겠지."

"맞은 말씀이에요."

아티커스의 빠른 대응과 대처에 펠틱은 한참이나 허탕하게 웃어 보였다.

아티커스가 귀에 장착한 무선이어폰을 켜고 말했다.

"시몬, 베인과 함께 보조석에 앉아 안전벨트를 하도록."

"네."

시몬은 조종사의 지시에 대답을 하고는 베인의 몸을 일으켜 자리에 앉히고는 안전벨트를 착용시켰다.

"만 피트 단위로 고도가 떨어질 때마다 팀원 전부에게 사실을 알리도록."

"알겠습니다."

펠틱이 답했다.

아티커스 지시에 펠틱은 떨어지는 고도에 따라 무선이어폰 너머로 팀원들에게 정보를 알렸다.

"고도 30,000피트."

"고도 25,000피트."

"고도 20,000피트."

"고도 10,000피트."

"조종 문제없음. 자동비행 전환하겠습니다."

낮은 고도에서 엔진이 꺼진 시점 우주의 경계에서 지구의 행성이 가까워질 때쯤 탐사선 내부의 불이 하나씩 켜지며 빛이 환하게 밝혀졌다. 지속된 어둠을 벗어나자 탐사선 외부에 설치된 태양광의 광판이 태양의 빛을 지속적으로 흡수해 빛을 만들었다. 탐사선을 견고하고 세세하게 만들어 낸 NASA의 힘이 빛을 발하는 듯했다. NASA의 소유물인 말틴 1호를 개인적으로 운전해서 가지고 달아나는 꼴이 참으로 우습기도 했다.

"고도 1,200피트."

"모두 안전벨트 잘 붙들어 매시게나. 팀원을 일부를 잃고 싶지는 않거든."

"네, 착용 완료. 이상 없습니다."

시몬이 말했다.

고도가 점차 낮아지자 말틴 1호는 충격에 대비하기 위해 내부에 있는 모든 날개의 동력을 이용해 바람과의 저항력을 최소로 만들어 내었다. 바람과 맞닿는 충격이 클 경우 탐사선 내부에 있는 농축된 우라늄이 고압을 견디지 못해 폭발이 생길 가능성이 있었다. 탐사선의 불필요한 로켓물체들과의 완전한 분리가 이루어지고 팀원 모두가 원형 캡슐의 분리형 잠수함으로 빠르게 이동하였다. 공기 중과 수면 위의 마찰을 최대한 줄이기 위해 불필요한 무거운 탐사선을 분리시켜 잠수함으로 탈바꿈하기 위한 시도를 머릿속으로 그려 봤다. 잘못된 착지로 인해 충격을 그대로 흡수할 경우 탐사선은 버티지 못하고 농축된 우라늄과 함께 터질 수밖에 없었다.

팀원 네 명은 각자 마음속으로 앞으로는 평온함만 가득하길 소망하며 해수면의 거리와 100m 이내로 줄어들자 한마음으로 농축된 우라늄이 활성화되지 않길 기도했다. 농축된 우라늄이 터지기라도 한다면 탐사선에 오른 전원의 목숨은 그대로 바닷속에 핵과 함께 녹아들어 해양에 떠다니는 어류들과 함께 융해되고 고철 덩어리들과 함께 바닷속에 뼈를 묻어야 할 참이었다. 해양과 잠수함이 만나 크게 마찰이 일어나고 잠수함이 빠른 속도로 바닷속으로 잠수하는 순간 잠수함의 충격이 그대로 몸으로 전달되어 팀원 전원이 기절 상태로 돌입했다.

창밖에 비치는 바닷물에 잠식한 해양이 지상에 안전하게 도착했음을 알렸다. 시간이 얼마나 흘렀을까 펠틱이 짧은 수면에서 깨어나 조종사 아티커스의 몸을 흔들어 깨웠다. 끊이지 않는 두통 속에 서로가 서로에게 힘겹게 말을 전달하던 시점, 긴 고도의 압력으로 인해 양쪽 귀가 잘 들리지 않자 서로는 손가락과 표정으로 짧은 대화를 나눴다. 뒤이어 베인과 시몬이 깨어나고 죽을 거라 생각했던 긴 여정을 함께 견뎌 준 모두에게 애정을 표하며 서로가 살아 있음에 감격의 눈물을 흘렸다.

아티커스가 대표로 고정된 안전벨트의 버튼을 눌러 푸르고는 해수면 위에 떠 있는 잠수함의 문을 열었다. 예측된 해수면 위치에 제대로 착지한 듯 아티커스의 표정은 나쁘지 않았다. 이제 NASA 사무국에서 일하는 전원은 이 네 명의 생사를 알길 조차 없었다. 모두 죽었다고 생각할 것이다. 이제 잠수함에 있는 핵을 들고 탈출하는 방법만 계획하면 모든 계획은 순조로웠다. 핵과 탐사선을 전문적으로 다루던 우수한 인력들이 사라진 것에 대해 사무국은 어떤 생각과 감정을 느낄지 의문이었다.

팀원 모두의 정신이 제정신으로 돌아왔다. 그들은 뱀이 허물을 벗듯 입고 있던 무거운 우주복을 하나둘씩 벗었다. 몸이 가벼워짐을 느끼자 시몬과 펠틱은 물 만난 물개와 같이 자세를 잡고 다이빙의 포즈를 취하며 바닷속에 뛰어들었다. 마치 승리의 기쁨을 온몸으로 표현하듯 잔잔한 물속을 마음껏 헤엄쳤다.

아티커스는 금장으로 둘린 나침반을 꺼내어 해수면 위 방향을 파악했다. 혹여나 아무도 구조를 해 주지 않을 때, 이것만큼 필요한 것이 없다며 신신당부를 하던 아버지의 간절한 부탁이 빛을 발하는 듯했다. 앞으로 최소 1km를 수영해서 앞으로 나아가면 부드러운 모래사장이 깔린 해변가에 도착할 수 있었다.

탐사선에 오르기 전 유영연습을 쉼 없이 해 왔기에 팀원 전부가 수영해서 앞으로 나아가는 것은 식은 죽 먹기였다. 그러나 농축된 우라늄과 함께 여전히 기운 없이 축 늘어져 있는 베인을 끌고 가려면 물 위에 쉽게 뜰 수 있는 부표 같은 것이 필요했다. 농축된 우라늄을 갖고 가기엔 많은 변수가 따른다는 생각이 들었다. 지나가는 배의 돛에 걸려 터지지만 않는다면 우라늄은 바닷속에 그대로 존재할 것이었다. 아티커스와 펠틱은 상의 끝에 베인의 양쪽 팔을 안아 들었다. 그리고 목적지까지 쉼 없이 팔을 앞으로 뻗어 수영하는 데 총력을 기울였다. 얼마 멀지 않은 곳 해변의 모래사장이 저 멀리 보이는 듯했다. 해변가에 도착해 시몬이 베인의 입에 인공호흡을 하자 들이켰던 바닷물을 전부 토해 내기 시작했다. 기운이 빠진 시몬은 그대로 모래사장 위에 사지의 힘을 다 빼고는 배를 누워 보였다. 얼마 만의 여유인지 아무도 깨우지 않을 것 같은 자유의 언덕에서 누군가 단잠을 방해했다.

"시몬 갈증 나지 않나?"

시몬이 온몸에 모래 가루들을 묻힌 채 자리에서 일어나 말했다.

"갈증 나요…."

"이거 마시게."

"감사합니다."

해변가에 내리쬐는 태양으로 인해 바짝 마른 소금 성분이 얼굴에 더덕더덕 붙어 있었다. 그것이 따가운 햇볕과 마주해 크리스털 같은 번쩍임이 일어났으며 아티커스의 오른쪽 손에는 콜라 한 캔이 쥐어져 있었다. 부는 바람기마저 뜨거운 열기로 가득한 지금, 쩍쩍 갈라진 입술과 갈증 나는 목에 시원한 탄산을 채워 주는 것만큼 간절한 것은 없었다. 빨간색 캔에 하얀 곰이 그려진 콜라 캔의 뚜껑을 따고는 입 안으로 가져갔다. 탄산이 톡톡 쏘는 콜라의 맛은 살아 있음을 느끼게 해 주었다. 인기척 하나 없던 베인이 몸을 뒤척이자 시몬은 기운 없이 누워 있던 베인을 재빨리 일으켜 마시던 콜라 캔을 건네주었다.

콜라의 당분이 몸의 기운을 채워 주자 이들은 인적이 있는 사람이 사는 마을로 이동했다. 얼굴에 흐르는 땀의 수분마저 금방 달아나는 후끈후끈한 날씨 탓인지 마을 사람들은 바닥에 주저앉아 아일랜드섬에서 자라나는 특산 과일을 먹기 좋게 까고 있었다. 지나가는 떠돌이 개들이 뭐라도 얻어먹을 참인지 이 주변을 어슬렁거리고 있었다. 너덜너덜한 옷을 입은 사람이 대부분인지라 길거리를 방황하는 이 네 명을 그저 외딴섬을 여행하는 타국인으로 쳐다볼 뿐이었다. 이가 전부 다 빠지고 머리가 희끗희끗한 노인네들은 바닥에 앉아 여전히 과일을 손질하고 있었다. 길바닥에 널브러진 과일 껍질들은 수분기 없이 말라 비틀어져 파리 떼가 윙윙거리고 있었다. 과일의 단내가 진동하는 좁은 골목 맨발로 쉼 없이 뛰어다니는 아이들의 모습과 아직까지 개발되지 않은 시골의 정겨운 냄새가 가득했다. 중간중간 놓여 있는 작은 벤치에는 아이들이 마치 세상의 이치를 깨우친 듯 두 눈을 지그시 감고는 볼록한 배를 내보이며 시간적 여유를 만끽하고 있었다. 시간이 멈춘다면 마치 이런 느낌일 것이란 생각이 들었다. 아무도 피부색이 다른 이들을 의심하지 않았다.

펠틱이 시몬과 베인을 보며 말했다.

"불과 몇 시간 전 나도 저 사람들 사이에 섞여 구걸을 했었어. 아티커스 파일럿을 시킬 순 없었지.”

셋이 소리 내며 웃었다.

“농담하시는 거죠?”

“물론, 농담이야. 오래 살고 볼 일이지.”

펠틱이 웃어 보였다.

“이제 저희는 무얼 해야 되죠?”

“여자 두 분이 길거리에서 노숙을 할 수는 없으니 일단 잠잘 곳을 구해 봐야지.”

“우리가 넷이 함께 다닌다면 이 동네 사람들도 우리를 의심할 게 분명해. 둘씩 갈라져 따로 다니고 저녁 때 같이 모이는 거야. 어떻게 생각해?”

“나쁘지 않아요.”

“그럼 그렇게 하도록 하자.”

“네.”

해변가 위 삶은 판자 대기를 겹겹이 덧대어 만든 외딴 상점에는 그 누구도 존재하지 않았다. 펠틱은 마치 무인 상점으로 보이는 그곳으로 들어가 두 캔의 맥주와 콜라 한 캔을 훔치고는 나중에 돌아와 돈을 돌려줄 것을, 존재하지 않는 누군가에게 기약 없는 약속을 했다. 아티커스와 펠틱은 값이 꽤 나가는 핵 우라늄을 어떻게 처리해야 할지 머리를 맞대고 생각했다. 아티커스는 언젠간 이런 상황이 벌어질 것을 아주 오래전부터 짐작이라도 한 듯 표정에서 흘러나오는 여유가 너무나 천연덕스러웠다. 삶의 끝자락에서 서로 살아남은 것만으로도 천만다행이라 느끼는 지금 몸을 피할 곳을 찾는 것이 급선무였다. 각자 다른 길을 선택한 이들은 자신들의 인생의 외길에서 새로운 인생의 길을 찾아야만 했다. 그들은 거대한 조직과 용감하게 맞섰으며 이제 무엇과도 바꿀 수 없는 여름 휴가를 만끽하는 중이었다.